格雷厄姆·格林

Graham Greene

格雷厄姆·格林文集

A Sort of Life
生活曾经这样

陆谷孙——译

上海译文出版社

献给仅存的骨肉同胞：

雷蒙德·格林、休伊·格林

和伊丽莎白·丹尼斯

“只有盗贼和吉卜赛人才说，去过一次的地方决不可再去。”

——克尔凯廓尔

一部自传只不过是“也算一种生活”而已——比之传记，自传可能少一些涉及事实的错误，但却又不可避免地写得更有选择性：往往是后来发生的事，开宗明义就写了，而不等交代后事，便戛然收笔。除非把回忆录写到咽气一霎那，任何结论都有随意性。所以，我宁可将本文写到失败的岁月作结，虽说失败与本人第一部小说被人接纳是踵趾相接的。失败堪与死亡相比：家具卖了，抽屉掏空，搬场车像殡仪车一样，在巷子里等着，把你拉往某个花销较为低廉的目的地。换个意义说，本书这样的作品充其量也只是“一种生活”而已，那是因为活到六十六岁，我花在虚拟人物身上的时间，几乎跟真实生活中的男女一样多。甚至可以说，朋友如云固然幸运，我却记不起名闻遐迩或劣迹斑斑之辈的轶事趣闻——其中隐约存留在记忆中仅有的几则，都已经写过了。

那么，记录这些往事残片的动机何在？与我写小说的动机没有多大区别，就是一种愿望，想从混沌一片的经历中，简约出某种条理，此外还有饥渴的好奇心。神学家教诲说，吾人不可能爱他人，除非多少先有自爱。好奇心也一样，始于自己家人。

今日里，在我的不少同龄人中间，有种时尚，那就是以自嘲的手法书写陈年旧事。这诚然是自卫的合法手段。“瞧，当年青涩的我有多荒唐”，这么一说，别人就没法恶评苛责了。可这种手法扭曲历史实相。我们不是“乔治王时代的灿烂星汉”[①]。惟有体验到的感情才是真实的。何必因这些真情实感而自惭形秽？恰如何必因人生向晚与世无涉而愧恧？虽说难以做到，我曾试着重新体验远去时代的种种荒唐诐行、感伤销魂和汗漫无当，并像当年一样真实感受它们，而不带一点儿自嘲。

① *Eminent Georgians*，乃书题，这儿的乔治王时代指英王乔治五世至六世在位期间，约为 1910 至 1952 年间。

第一章

1

我要是有先见之明，全部的未来，从头至尾，原来都会沿着伯克汉姆思黛德那几条大街展开。通衢大街宽廓，就像多个集市广场中的一处，只是那高敞的威严，被第一次大战后建造的那个带莫尔式绿穹的新影院破坏了。影院小得可怜，可对当年的我们说来，却是浮华奢靡之巅和狎趣之极。那时候，父亲已任伯克汉姆思黛德学校的校长。有一次，经他允许，家里几个大男孩去影院看了《泰山》第一集的放映专场，那是因为他老人家误以为这部电影是人类学的教育片。打那以后，父亲对影院的期望破灭，说到电影，总是满腹狐疑。我家所在这一头的通衢大街，有一座都铎王朝时代的半木料建筑，那是一家照相馆(橱窗里可见当地居民群像，有的是结婚照，有的手捧花束，咧嘴傻笑，活像得了奖的老牛）。再有就是一座诺曼时代的石筑教堂，一根柱子上挂出某位古时康沃尔公爵的头盔，好比厅堂里谁留下的一顶礼帽，并不特别惹人注目。教堂下方，大枢纽运河淌过，河上有画舫缓行；还可见到来自远方的吉卜赛童子、一排排水生荸荠以及古城堡所在的几个小山包。城堡被一条护城河环绕，河水业已干涸，如今长满叫做峨参的野草。（城堡是，人们都这么说，由乔叟于亨利三世时代所建，曾被法国人包围得水泄不通。）从铁路那边，隐隐有好闻的煤灰气味飘起；到处可见伯克汉姆思黛德人一张张神色好奇的脸庞，这样的脸今天不论在世界哪个角落见到，我想自己都能认出。那脸棱角分明，就像扑克牌杰克的脸，目光带点狡黠，一种难以得逞的诡诈。

下面，虽然老大不情愿，得说说个人生活图谱上的学校了——那建筑部分是都铎朝代的玫瑰红，部分由丑陋不堪的现代砖石砌成，颜色勉强可算铁灰，就像建玩偶屋时用上的泥墁——而人生的苦恼也正是从这儿开始的。弃用已久的坟场对着我家的窗户，与我们的花坛仅有无形的一线之隔。因此，花匠每年重整树篱时，总会刨出几块人的残骨。由此再往北，大片大片的荒地空旷寥落，活像地图上的非洲，这是长满荆豆和蕨丛的公地，一直延伸到埃希律奇猎场。南边是小块卜里克山公地和埃希林斯的猎场。就在那儿，我曾看见一个五月绿人，浑身披挂春天的绿叶，当着捧场的众人笨拙地跳舞，颇像我后来在利比里亚看见的魔鬼。

且不论好坏，人日后的种种成败兴衰，总是发乎迩而见乎远。一个人的未来不独从他手的纹路可以预见，看他住过的房屋形状也能略知一二；推诿和欺骗植根于周围狡黠的面容，形成于公地园子里树篱的藏身处。就在这儿，在伯克汉姆思黛德，有着日后无穷复制的模式雏形。二十年来，喜怒哀乐、初恋、试笔，一切几乎都发生在此。我觉得，因缘际会，兼之无意识的作用，不管愚暗或智萌使然，要是临终不把我弄回到人生发端之处来，那真是咄咄怪事一桩哩。

在长长的通衢大街远端，是北教堂村和一家叫做“黑店”的老旧客栈。店名也许跟那儿发生过的事情有关，大人说起那店总是闪烁其辞，于是给我留下一脑子的疑窦，一听说客栈总有凶险不祥的联想（我肯定那儿弄死过旅客），这使得北教堂村这一带有种化外之地的氛围，成了噩梦可能轻易成真的危险区。我们从不被带去那儿散步，尽管理由可以说得再自然没有，因为哪有一位保姆肯沿通衢大街跋涉两英里路程，走过市政厅，穿越上班族夹着小小的公事包一日两次来回经过的新建国王大道，再行经孩子们必定驻足流连的菲戈太太玩具店？更别说再往前去，还有牙医诊所令人发憷的有色玻璃窗，而沿着集市花园一路走去，无处不闻从煤栈和运煤驳船扬起的砾屑怪味。

被足智多谋的老保姆或一位侍候我们的女仆管着，还有另一条不准孩子们涉足的散步路线，那就是运河边的纤道。如果说萦绕“黑店”的是险恶气氛，运河使人直接感受到危险——河上工人都是些粗野的陌生面孔，黑黢黢的像是一群煤黑子，还有他们的吉卜赛婆娘和一身褴褛的孩子，看到穿戴齐整的中产阶级儿女由仆人引领着走过，嘴里会吐出骂人的脏话。此外，正如我所害怕的，还有失足落水溺毙的危险。《伯克汉姆思黛德纪事》和《何末尔汉普斯黛德观察家》不定期地刊登一些运河浮尸的剖验报道，船家折损的小孩尤多；另有传言说掉进水闸一准没救，看看每座水闸守望屋墙上挂着的救生带，我们想象，这传言必属确定无疑。时至今日，我只要低头去看水闸，看那湿漉漉的垂直闸壁，顿时就心惊肉跳。早年，时常梦见溺水而死，身子像被磁石吸引着往水边滑去。（青春期中，溺水梦做得太多，甚至影响到白天清醒时的生活，见到池塘或河流，总会让我不由自主地往水边挪步，就好像疾驶而来的汽车施魔法于行人，使他站定在原本宽阔的路上而不知避让。）

2

我最早的记忆是坐在山顶上的童车里，脚边躺着一条死狗。地点靠近一片田野，凭着我富有的叔父爱德华的善举，就是不知出于何种不详原因，人称爱丕的那位，后来这片田野成了学校的操场。即使谈论小镇的阡陌町畦，总也绕不过格林家族的影响（蕞尔弹丸之地竟有十七个名叫格林的居民，即使在今天，这比例也可算是高得不称；逢年过节祭祖，格林家族的名字差不多贯穿四分之一个世纪，可达二十五名）。那条死狗，我今天知道了，是姐姐豢养的哈巴狗，被车——是马车吗？——碾死的。保姆图方便，把狗尸扔进童车带了回来。这一幕可能是真实的记忆，因为母亲曾告诉我，数月以后听我提到那条“可怜的狗”，她大为惊诧。那几乎是我此生说的头几个词儿。

幼儿年代发生的事存下多少真实的记忆，我拿不准了。举个例子，我自以为记得一辆玩具汽车，若果真是1908年标准款式的话，今天肯定可以拿到苏富比去拍卖，可是那辆玩具车出现在我和兄长雷蒙德的合影中，可见记忆串交有误。我那年约摸四岁，穿了件围涎衫，脖子处垂着卷发。哥哥的发型已完全男性化，一个七岁的成人，无惧地直面厢式照相机，已可见到日后喀美特和额非尔斯峰登山运动员的英姿。至于我的形象，是男是女，还得两说呢。

孩子们总是在午茶之后，下楼来到客厅，从五点半到六点半，跟母亲玩上一个钟点。记得我最怕妈妈读一个坏叔叔的故事。那个恶人把小孩弄到林子里叫人杀了，可杀手到时突萌悔意，就把孩子们暴露在自然界任其饥寒而死，过后鸟儿飞来，用绿叶覆盖他们的尸体。我怕这故事是因为我怕哭。我宁可一下子给杀了，远比那种长时间受折磨的悲惨下场来得痛快。儿时的泪腺太容易受刺激了，甚至多年以后仍是如此。即使在今天，我有时仍会赧颜溜出电影院，因为片子大团圆的结局，惟其不可信而会使我感动。（生活不是这样的。如此忠勇和这等操守只能梦寐以求，可是当自己濩落失意时，总希望梦想成真。）

对于接近入学年龄的那些岁月，能记起的往事大增，其中有一幕特别明晰（是年我五岁左右），那回是我跟着保姆走过靠近大枢纽运河、东倒西歪挤作一堆的济贫所。一间小屋外，聚着好多人，有一个男子挤将出来，跑进屋里。我听人说那人要去抹脖子自杀。没人跟随他进屋，大家，包括保姆和我，都站在外面等着。我始终不知道那人是否自杀成功。《伯克汉姆思黛德纪事》应会告诉我结果的，只是我还不识字。[①]

对于最初的六年，我只有如此芜杂的记忆，而且对事发的时间先后次序也无把握。这些回忆之所以有意义，仅仅是因为它们还萦留脑际。故事已湮没，返回无意识，只是梦的若干散乱符号而已，宛若沉船事故的幸存者在呼号救命。

家里惟有供母亲独自享用的一种特别的全麦饼干，带有烘焙不足又绝不加糖的原色原味——令我联想起宗教仪式上的“圣体饼”。这些饼干放在她卧室一个专用的罐子里。有时，妈妈特别优待，也给我一个，让我蘸着牛奶吃。母亲身上常年散发古龙水的香味，我对她敬而远之，而且对这种母子疏离不以为忤。要是我能咬她一口尝尝味道，想来定和那全麦饼干一样。她有时莅临校宅中的童室作正式探访。那是个杂乱无章的大房间，朝向石筑教堂和旧时墓地，室内有放玩具的几个柜子和一些书架，还有一匹眼露凶光的玩具大木马。火炉的钢制护罩旁，是保姆专用的大藤椅。母亲在我眼中威仪大增，那是因为她掌管内衣衣柜有方，而那个柜子里蛰伏着一个骇人的女巫。不过关于这事，容我后面再写。全麦饼干对我而言，就这样成了她清教式冷色美的象征——她似乎能一手化杂乱为整洁，善分好坏并选中优者，虽说到了晚年，说到她的家人，她只认定好的一面了。我们中间

① 原注：也许这儿记忆有误，那也情有可原，因为哥哥雷蒙德来信说：“其实你当时站在靠二楼的一扇窗户旁，是亲眼见到的；要不也许是保姆挡住了你的视线。不管怎么说，那人死成了。”

谁要是杀了人，我敢肯定，她一准会去怪罪那被杀的人。临终之前，她并无痛苦地昏迷良久，我在床边看着她，她那苍白的金雀花王朝时代的长脸，使我想起某处坟上一位十字军的形象。看来，真是一个合适的祥和结局，对于一位站在平头扁舟里的美丽姑娘，身材颀长，举止娴静，长裙衬托着系带细腰，头戴船夫式平顶草帽——那是我在家族影集里见到过的。

那些年留下的一个不愉快记忆，是一个盛满了殷红鲜血的小锡罐。当时刚给我摘除了扁桃腺，我一阵阵眩晕，只觉天旋地转。手术是在家里做的。那以后的三十年里，我一见血就不舒服，想吐，有时只要一听谁讲起车祸什么的，还会犯晕。德国人打闪电战那会儿，在第一次接触伤员之前，我很为自己的反应担心，好在后来我发现了自己为什么晕血，而情势逼我采取行动之际，恶心想吐的感觉毕竟已被克服。

直到我六岁那年，我家的住宅一直叫做圣约翰堂，是伯克汉姆思黛德学校寄宿舍之一，父亲是舍监。待到 1910 年他当上校长，我家乔迁，搬进校舍中的校长宅邸。不过，我在十三岁时作为寄宿生重返圣约翰堂，对这所老宅的大多数回忆(都是些极不愉快的)全会回溯到那一年。回眸这人生首次转折之前，圣约翰堂激起的唯一记忆，是大路对面一片我家额外拥有的花园，夏季某几个特别的日子里，我们会去那边玩一玩，那高兴劲儿就仿佛旅行来到了异域。那边有座避暑屋(当时可不是寻常可见的建筑)，园圃高出路面，因此我的目光无法从那儿的树篱上方扫过，看见大路这边的家，并由此臆断，家距此已有数百英里之遥。这是我一生中首次体会异域旅行。后来，尽管我从未去过法国，我常把两个花园比作中间隔着海峡的英法两国——每日里置身其中的英国和度假时才去的法国。

伯克汉姆思黛德的远端，有座镇上的宏大建筑，人称厅堂，那里住着格林家的堂亲。母亲是德国人，全家人的异国情调令人敬而远之，因为成员中不少人出生在巴西的桑托斯附近，一个出产同名咖啡的种植园里。堂亲一家跟我家一样，共有六个孩子。论年龄排行，两家孩子参差交错，但最大的一个在我家。我叔父像是有意跟自己的兄长来一场竞赛，非打个平手不可。与我关系特别密切的是图特，可多年之后跟我一起去利比里亚作冒失旅行的却是他妹妹芭芭拉。利国之行见于拙著《不带地图的旅行》。

堂房家的孩子都是格林一族的富人，我们这一支则被认作格林家的知识分子。每逢平安夜，我们常去堂亲家看圣诞树，哥哥姐姐们会留下晚餐。大家围着圣诞树用德语唱颂歌的时候，我最不自在，因为怕他们邀我一起合唱。庆典在我们看来颇有条顿民族的特点，因为就我们而言，圣诞前夜没有任何意义。圣诞节庆只有在翌日早晨方才开始：捏捏沉甸甸的礼物长袜发出咯吱咯吱的声音，而长袜正横搁在我们的脚趾间，让我们激动得喉咙干燥打恶心。这在我家有个特别说法，叫做犯了“那喀索斯式自我陶醉胃病”。我不记得咱们家有过圣诞树，而在圣诞树的槲枝底下接吻，那只是大人们玩的把戏，够让人难堪的。我对接吻没有兴趣，槲枝底下只要有人，我就远远避开。

平安夜那天，在堂房家的厅堂，给孩子们的礼物分别在几张桌子上摆开，并以卡片标出各人的名字。记得有一回我曾大失所望，因为属于我的那张桌子上出现一件成人礼品，一个皮制的笔袋。后来发现，是有人搞错了。那件礼品是给我伯父的。伯伯与我同名，是海军部的终身部长，又是骑士浴勋爵①——这后一个头衔我觉得好了不起，一点不滑稽可笑。

那位也叫做格雷厄姆的伯父，应该算远亲吧。比之亲缘关系更值得一写的是，他为人呆板，沉默寡言，一副眼镜悬荡在背心上宽大的黑色绶带前。即使在今天，我也难以想象小男孩时代的他在剑桥骑驴上学去的模样。他说起话来，老是“呃”“啊”个没完，也许除了跟公家的人打交道，他总觉得不自在。他是1950年九十三岁时在哈斯瞰村的家里逝世的，死时仍是单身汉。晚年，两位妹妹海伦和蔼丽照顾他，也都是八十开外的老人了。伯父大人在八十九岁的时候因为视力衰退，曾跌落在地铁列车车下。当时他正赶去参加帝国国防委员会下属某小组的会议，议题是向苏格兰北部进口驯鹿的得失。他镇定自若地躺在正有倒车通过的轨道边，一声不吭，居然最后只伤到一根肋骨。人家好不容易才把他劝回到哈斯瞰家中。九十一岁时，他又从一棵树上坠落(他在修剪枝叶)，不得不卧床一段时间。接着，一次更加

① 原文Knight of the Bath，由英王乔治一世在18世纪初设的勋位，借用中世纪骑士受勋前沐浴净身作典，故名。

平淡无奇的意外要了他的命。这回是草坪上的一把椅子将他绊了一跤，可是纵然卧床不起，老人家还是捱过好些日子，每天早上要人把《泰晤士报》的社论读给他听。临终朕兆是两位姑姑给他脱衣时，把一个脚趾连同袜子一起拽了下来。要说世间奇人，他可算一位。日德兰半岛海战之后，他被劳合·乔治首相和诺色克里夫系统各报轰出海军部，同他的朋友温斯顿·丘吉尔一起被黜往军火装备部。直到最近，我方在一部《国家名人传记辞典》中了解到伯父大人与杰姆斯·邦德活动领域之间的关系——原来他是海军情报部的首创人之一。卡尔森[①]写道："我在首相房间里碰到丘吉尔，祝贺他谙人之深。'这话什么意思?'劳合·乔治问。'这个嘛，'我说，'温斯顿英明，给被你从海军部解雇的人找了个重要得多的职位。'"

这位远房伯父住在剑桥郡哈斯暾的一幢大宅里。我们这群孩子常在暑假去那儿玩。后来年龄稍大的改去更远一些的湖区爬山，只留下我和小毛头休伊留在母亲跟前。（最后，姐姐茅丽从山上摔下，惊魂一刻居然被人捕捉摄入镜头，后来姐姐就嫁了此人——也许她是欣赏此人的镇定。）

哈斯暾大宅——至少部分地——像斯图阿特王室威廉姆和玛丽的宫殿，有座古色古香的大花园，特别适合玩捉迷藏的游戏。另有一座果园、一条小溪和一泓池水，水面还有岛巉突起。前门的大草坪上有

① 当指 Edward Henry Carson，1854—1935，曾任劳合·乔治联合政府的海军大臣。

喷泉。我们常在拄杖的棍把处接上一个杯子取水，那水的味道清冽而纯净。喷泉深约两英尺，宽及一码。哥哥雷蒙德三岁那年曾掉进喷水池，问他怎么爬出来的，他豪气冲天地回答："不就是挥臂向岸边游呗。"花园处处可闻苹果香，还有黄杨树篱的气味。在炎热的夏季，蜜蜂飞过，留下嗡嗡声。我还记得孩子们给一只死鸟行葬礼。棺材是普莱斯牌的婴儿夜光灯的灯盒。年龄稍长的几位，赫伯特、茅丽和雷蒙德，把那鸟儿葬在大家叫做"树荫步行道"的地方。我因为年纪最小，算是个卑微不起眼的吊客，轮不到扮演教士或掘墓人或唱诗班童声的角色。

孩子们一到，伯父大人总是避走，躲进汉诺威广场边上自己的单身汉公寓，不让纷至沓来的亲人打扰自己安稳的生活。对于那座布局随意的大花园，我觉得已经是非己莫属了。有一年，母亲把另一个小男孩、校医的儿子帕克请了来，跟我一起过暑假，为此我好不恼怒。我把对方视作贱民，不愿跟他玩耍，难得同他说句话，也从不教他怎样从喷泉取水。我还知道好几处他永远找不到我的藏身角落。就这样，他只好漫无目的地独自踯躅，百无聊赖，快要哭出来了。漫长八月的可怕经历，以后再未重现，我被允许独来独往。

在哈斯瞰的日子里，我突然发现自己能看书了——那书是《侦探迪克森·博莱特》。我不想让别人知道自己发现了新天地，故而只是背着人读，躲进某个隐秘的阁楼。尽管如此，母亲肯定知道我在干什么，于是就在坐火车回家的途中，给了我一本巴兰坦恩的《珊瑚岛》。旅途长得像是没有尽头，在布雷契莱换车要等许久。我可不愿承认自己开发了什么新的才能，所以在去布城途中，一路只看书中插图。无怪乎印象这么深，时至今日，我用心目望去，还是那群困在礁岩上的儿童。我想当年仍有一点惶恐，怕大人知道你能读书了，下一步准是送你进预备班上学(我是差几周就满八岁时走进那扇阴沉沉的门户的)。要不，也许我不喜欢那种受人宠惠的感觉：别人自然而然做得到的事，你学会了，有什么值得称赞的。若干年前，在爱丁堡的某次仪式上，这段记忆的真实性得以证明。那次，莎士比亚学者多佛·威尔逊博士告诉我，当年我的父母亲常对他说起，为了教会我识字读书，经历过多大困难。我确曾厌恶那本胡编乱造的发蒙读本《不掉眼泪的欣快阅读》，尽管书里的木版插图今天看来仍非常精美。怎能指望我会对一只蹲伏在垫子上的猫感兴趣？我无法把自己等同于一只猫儿。迪克森·博莱特完全是两码事了，何况大侦探还有个小男孩做助手，而这小男孩在我想象中完全可以是我自己。

我尤其不喜欢父亲的兴趣，常问自己，一个成年人干吗去关心孩子散步时发生了什么。受到称赞无异于受罪——我宁可立刻找一张最近处的桌子爬到下面去。直到长大成人，我觉得对父亲真正抱有温情的时刻不多，一次是他用双手手掌鼓捣着装青蛙叫；一次是手指上粘了小块胶布玩“两只小鸟”的游戏；再一次是让我吹气去把他的表盖打开。惟有自己当了爸爸之后，我才认识到他老人家对我一举一动的关心全是朴真的。惟有此时，我才意识到一种深埋着的对父亲的爱和痛惜，只是今日惟有时而在梦中悠悠相牵。

在我看来，父母亲的婚姻非常美满。至于其他任何人的婚姻是否幸福，那是另一回事了，亦非外人可尽知。幸福可能因为生儿育女所毁，也可能出于对家庭经济境况的忧虑，还有许许多多不为人知的原因：爱情本身也会受到损害。但是父母亲的爱情，在我看来，经受了六个儿女和各种严重忧虑的考验而始终不渝。1942 年，我在塞拉利昂做特工，主持一个一事无成的独角戏机构，这时丧父的噩耗传来。两份来电递送的次序弄错了——第一封报的是死讯——一小时以后关于病重的第二封才递到。突然之间，在一堆等待加密和解密的秘密报告中间，我痛感始料不及的恻恻大悲。我记起自己年轻时曾如何有意去冒犯他一成不变的自由派政治观点，以及在道德伦理方面极端的保守主义。我在塞国的弗里敦城找来唯一的爱尔兰神父麦基，给亡父做了弥撒。我知道，父亲如果地下有知，准会以他习有的自由主义态度看待儿子的这一姿态：出于善意，觉着好玩——对于我皈依天主教的决定，他从不表示异议，不置一词。至少，我敢肯定，对于我报恩的方式，父亲会高兴的。神父为了他教区的非洲贫民，问我要去一袋大米，因为大米紧缺，只能定量供应，而我因为跟警察局长有交情，得以偷偷多买了一袋。

双亲初识时候的模样，孩子们自然一辈子陌生。父亲初识的母亲是那位身材颀长、头戴船夫草帽的纤腰姑娘；而母亲见到的是位风流倜傥的青年男子。挂在他俩浴室墙上那张褪色的牛津旧照上，父亲蓄一排整齐的唇上须，身穿晚礼服，由一件蓝色背心衬里。父亲死后十年多，母亲还写信来说，她跌断了髋骨，做梦因为父亲没去医院看她，甚至连信也不写而嗔怪，还说对此自己不能理解。再往后，即便在醒着的时候，父亲音讯杳然令她不快。事有凑巧，在这之前几天，我也梦到父亲。母亲和我坐车前行，路边的一个拐角处，父亲招呼我们。待到我们停车，只见他奔跑着来赶上我们。父亲乐呵呵地爬进汽车后座，因为那天早上他刚被允许出了医院。我写信给母亲说，也许关于炼狱的说法部分是真实的，梦境正是父亲获释时分。

对我来说，这梦结束了父亲逝世以后多年来反复不止的梦的循环。在那一连串的梦里，父亲老是被隔离在医院里，不得跟妻子和儿女们接触——尽管有时他也会回家探访，一个缄默又孤单的病人，只是病未痊愈，告归局促，还得回去继续过那种流放般的日子。时至今日，旧梦依然似真，以致我非得费力专注，才认识到医院和夫妻分离其实皆是梦幻，他直到死都跟母亲在一起。他晚年患了糖尿病。餐桌边，他总是坐在母亲旁座，紧挨着一个称出食物重量的机件。每天给他注射胰岛素的也是母亲。所谓父亲孤单又不幸的想法，全无真实性，也许我如此漫游栩栩园，只是表明我对他的爱胜于自己理性的认知。

确实有过的家人分离，那只发生在他和他的儿女们之间。身为校长，他比我们孤高的母亲，显得更加遥不可及。复活节假期到了，母亲和保姆带我们，挎上午餐食物篮，坐进三等车包厢，去里德尔罕普顿海滨，可父亲总是明智地滞后几天，独自坐二等车，来和我们会合。有几次，他自顾自去埃及或法国或意大利度假越冬，惟有一位叫做乔治先生的朋友与他同行。乔治是位教士兼校长。两人相处多年，关系始终不脱拘谨，彼此只用姓氏相称，虽说乔治这个家族名比之格林自然要亲切一些。依我看，他们度假更重视智性的交流，而不求关系融洽。我记得父亲说起多年前去过的法国某处："你当记得，乔治，我们在那儿喝过一瓶酒。"又有一次——那是在那不勒斯——他们遭遇一件不寻常的事情。一个陌生人听得他们说英语，便问能不能跟他们一起喝咖啡。两人发现此人脸熟，且总有点什么叫他们看不惯的地方。可这人机敏过人，把两人唬弄得五体投地，过了一个多钟头才告辞。分手时，双方都没留姓名，两人只好替那人付了饮品的账，喝的自然不是咖啡。好一会儿之后，两人才想起刚才那陌生人是从监狱里释放出来不久的奥斯卡·王尔德。"想想吧，"父亲讲完这个故事，总爱这么结尾，"他一定孤独得要命，才会在假日里往一对教书匠身上枉费那么多的时间和才华。"他从来不曾想到，王尔德穷困潦倒，没钱付账，只剩下机敏可帮他埋单了。①

母亲离群索居，还有她那种值得称道的事事放手的逍遥，在她说来可以轻而易举做到。那是因为家里有了南妮这位保姆。南妮是个老妇人，最早是来照看我姐姐的，那是距我这儿写到的往事约十三年以

---

① 原注：我想这次邂逅准是发生在1897—1898年的圣诞假期，当时男伴博西离他而去，王尔德写到"多病、魂茕以及对一种悲喜剧式生活的全面厌倦"。

前的事了。后来还有一长串的管带孩子的女仆(她们都待不长，可能是因为威胁到了南妮的未来营生)。我还记得老保姆把白发扣成一个发髻，手拿海绵擦，俯身替我洗澡时的情景。她的脾气越变越坏，直到最后靠一份养老金退休。但我不记得自己曾经怕她，只是那打了髻的一头白发，给我印象至深。

在我还没长大到可去里德尔罕普顿海滨度假的幼儿时代，关于大海的全部知识仅来自比我岁数大的家人的闲谈，我便以为伯克汉姆思黛德运河岸上木料场里的一堆沙子就是海滨了。这个去处真没什么特别，我也因此没有理由嫉妒我的几个哥哥和一个姐姐。那些岁月里，我甚至觉得待在一个地方很可知足(而这种知足无求的感觉，今天让我羡慕神往)。英王乔治五世加冕的那一回，我才六岁。有两个参与庆祝的方式任我挑选。一是跟父母和三个比我大的孩子到伦敦去，那儿格雷厄姆伯伯已为一众家人谋得观礼座位；二是由住在城里的以丫角终老的姨妈莫德陪同，观看伯克汉姆思黛德当地的游行。我如选择比较省钱的方式，那就有权从玩具店里选定一件玩具。我选择留下，让父母松了口气。[①]

① 原注：看来我的选择是对的。时年十岁的兄长雷蒙德如此描述盛大的节日："四点十五分起身，吃早餐。从尤斯顿叫了出租车去特拉法加广场。人海中再也无法前行。最后总算到达海军部。等候两小时左右，方见游行队伍经过。士兵在前，接着是贵宾马车，车上端坐身披黑点白鼬皮贵族长袍、头戴次级冠冕的公爵们。然后又是士兵和贵宾马车，过后才是皇家花车和头戴王冠的国王。接着又是大队士兵，如此这般。晚餐后，游行队伍再次经过。国王头顶戴上王冠的那一瞬间，街上华灯齐放，四十一尊礼炮轰鸣。接着，我们回家，累得要死。"喔，童年的疲累，无可比拟，直到我们步入耄耋。

我选中的玩具是一套桌上槌球。我至今记得自己小小年纪如何怨愠交加，因为要把带钩的圆箍在桌布上稳稳直立，得费太多手脚。本地的游行队伍中，有个身披甲胄的骑者，估计扮演的是康沃尔公爵。此人使我回忆起餐厅里某本少女杂志厚重合订本中，一位骑士的图像。（后来我爱读的是《艾文霍》和毛里斯·修勒特的《林中情人》，而我本人最初创作的全是中世纪故事。）玩具店是个名叫菲戈的老妇人开在通衢大街上的。进店时，你得走下几级台阶，这就像进了个塞得满满当当的船舱，上下双层铺的水手床上，排开狭长的匣子，英国的玩具兵全在这儿了。当年，这玩意儿挺便宜。花色品种之多，叫你目不暇接，让你想起过往世纪中一场又一场的战争：哗变的印度兵、祖罗族人、布尔人、俄国人和法国人。人生最初六年的回忆，使我总体上有种安谧和幸福的感觉，世界太有趣了。纵然如此，第一次去动物园，我还是让母亲大失所望，因为我一屁股坐下就说："我累了。我要回家。"

当然，世上同样还发生着恐怖的事情，只不过任何年龄段的人都体验恐怖。这儿，我要对恐怖和恐惧两者作一区分。所谓恐怖，那是你尖叫着逃开的事情，而恐惧则带有一种奇特的诱惑，无怪乎恐惧和性意识，常被私密的谋划连作一体。恐怖乃是一种病态，就像仇恨。

我从母亲那儿传承了对于鸟类和蝙蝠的盲目恐怖。直至今日，我摸到羽毛还会厌恶地缩手。记得客居哈斯暾的某夜，一只蝙蝠从外面草坪的一棵大树飞进我的卧室。我看着它先用那软软的毛皮鼻子去拱窗帷，等着人去注意它。第二天夜里，我得到准许，可以关窗睡觉，可一只蝙蝠——我敢肯定就是同一只——却从烟囱里滑了下来。我用床单蒙着头，放声尖叫，直到哥哥雷蒙德赶来，用一张捕蝶网把蝙蝠抓住。①

另一频发的恐怖是夜间屋子着火，我把火灾恐怖跟《男童专读报》上那些可供粘贴的救火勇士的事迹彩图相联系。那年头，好像火灾频发，可我却从未目击过一场，直到1940—1941年间的冬天，大火一场接一场，看都看不过来。真正恐怖的体验，发生在后来我七岁那年。快要上学了，面临着一种全新生活的威胁；恰在这时，童室外的楼梯口，内衣衣柜的旁边，夜里常有一个女巫出没。好长时间噩梦不断，我梦见女巫扑上我的背部，用中国古时官僚留的那种长指甲掐进我的双肩，后来我跟她对打起来，从那以后，女巫不再来扰我睡眠了。

梦对我来说一向极具重要性："已知的最佳娱乐，娱人者不花本钱"②。我的两个长篇和几部短篇小说都是梦中构思之后才问世的；有时，我还受到那个称呼够晦涩的"超感官领悟"作用的暗示。四月那夜，泰坦尼克号出事，我才五岁，当时正在里德尔罕普顿过复活

① 原注：蝙蝠恐怖延续至今。后来在吴哥窟，我曾鼓足勇气走过一只在地面通道上扑腾挣扎的受伤蝙蝠，而头顶上方，在结满菠萝的高塔上，有系着绳子的劳工的小小身影，他们是在搜集蝙蝠的粪便。那些日子，吴哥四周时有越盟伏击。我宁愿遭到伏击，也不愿看到一只垂死的蝙蝠。

② 典出罗伯特·格雷夫斯(Robert Graves)诗作《我梦见了什么?》。

节，夜里梦见海难沉船。梦的一个意象六十多年以来始终伴随着我：大浪打来，舱口处，一个穿油布雨衣的男子弓起身体拼命躲避。还有一次，那是在 1921 年，我从心理分析师处写信回家说：“一两天前的夜里，我梦见船只失事。自己乘坐的那条船正在爱尔兰海下沉。当时也没多想什么。这儿没有报纸，再平常不过的事情。直到昨天读到旧报纸，我才看到‘花楸号’在爱尔兰海沉没的消息。我查看日记，做梦是在星期六夜间，而事故发生的时间是星期六午夜刚过。”又有一次，1944 年某夜，我梦见过 V. 1 飞弹，那是在德国首次攻击的好几周之前。飞弹拖着烈焰熊熊的尾巴，掠空而过，跟后来的真实场面一模一样。

3

记忆恍若中断的长夜。我这会儿写着写着，仿佛正不断从睡梦中醒来，伸手去抓住一个意象，但愿细节能接着把全部梦境原样抻出。可是碎片依旧是碎片。整个儿的故事总是抓不住。

那年我准还不满六岁。一个阳光灿烂的下午，全家人等候在圣约翰堂的花园里——前文所谓英法划界的英国这一边——不想错过看到布莱里奥从伦敦飞往曼彻斯特的机会。可是这位法国飞行家从未在我们头顶经过。就这样，长长的一个下午浪费了。我们本可以越过被我叫做英吉利海峡的界线，到大路对面的法兰西花园玩乐去的。

我从心眼里讨厌孩子聚会。那是种威胁。弄不好哪一天，我得把舞蹈课上学来的东西表演出来，而关于舞蹈课，我所能记得的惟有系漂亮宽紧带的锃亮黑皮鞋；还有冬天傍晚，在被红砖别墅夹在中间的国王大道上练步，一边抓着别人的手，生怕脚下打滑跌倒。我确能记起的唯一一次孩子聚会，是在伯克汉姆思黛德公地附近的一栋陌生的大屋里。那次以后，我再没旧地重游。那家的一个中国女佣问我要不要“造水”，我听不懂，于是从此以后就把这个短语当做中文的惯用语了。[①]多年之后，我写过孩子聚会的一个短篇，又写过舞蹈课。也许这些作品里同样都隐埋着记忆。

在我印象中，小时候挨父亲巴掌是家常便饭，不过稍大以后的一次特别难忘，可能是因为这次挨打催醒了我身上的性意识。那次，我把没出阁的姨妈莫德叫做“混蛋”[②]，被她告了一状。父亲把我从桌子底下拖了出来，要我赔不是。我不愿意，因为不明白自己错在哪里。事实上，我根本无意伤害姨妈。比之其他大部分都是老处女的七大姑八大姨，我跟她特别亲。就说海伦吧，她办了一家瑞典式艺术体操学校，跟一些女伴的关系特别热乎；还有亲爱的糊涂脑瓜子葹丽，那位住在哈斯暾的堂姑，涂抹过几张蹩脚画作，居然教过格万·卫芙莉特[③]学画技，还雄心勃勃给乡村学校写过剧本(竟然想以独幕表现诺

---

① 原文为“make water”。作者如查《牛津英语大词典》当知“小便”之义古已有之。

② 原文作“bugger”，一般的骂人话，然若深究，含相公癖等歧义。

③ 达尔文的孙女，英国著名版画家。

桑比亚基督教与异教的全部冲突，剧中人物倒是有五十名之多）；接着是神秘兮兮的同性恋美人诺拉（我们叫她“诺诺”）和进步党分子爱丽丝，后者在南非办了所学校，与鼎鼎大名的斯密兹将军和作家奥莉芙·施赖纳过从甚密；还有嫁到格林家来的婶婶麦琪。她是爱尔兰诗人兼医师陶德杭德之女，人长得漂亮，喜欢穿上自由公司制作的拉斐尔前派女袍，唱“喔，随着吉卜赛人而去”之类的歌曲。

童年回忆中，不知怎地，我想我还拉下了一位。在阳光普照的花园里，她可能只是个远远站在后边的人影，得靠近了仔细端详才是。她就是弗罗伦丝。弗姑住在哈斯噋她自己的农舍里。须知格林家族对哈斯噋的殖民渗透程度，不亚于对伯克汉姆思黛德，而日后我将发现，对圣基慈也是同样。格林家族简直像说班图语的各部落一样，溷迹四方，落地生根。海伦、蔼丽、爱丽丝和弗罗伦丝都属格林家族的男方，其中只有弗罗伦丝嫁了人，只因婚后无出，便又回了娘家。在我的记忆中，她是个瘦削的枯槁老妇。说到相貌，也许曾有过几分姿色，尔今却总把脸藏在缀了花点的面纱后边，面纱在颊下打个结，像亚历山大皇后那样。她不像蔼丽那样成天嘻嘻哈哈，想入非非，还老是犯傻，也不像海伦和爱丽丝那般态度生硬，像个男人婆。她说话的嗓音一点没有外人极易辨别的格林家族特点，似乎只因曾为人妇，便与妯娌们大不一样了——她只是菲利普斯太太而已，一位县立中学教师的未亡人。可是在婚前，她可是格林家女人中最为罗曼蒂克的一位：十八岁时，爱上一位水兵，那人准备脱离海军，带上她移民到澳大利亚荒凉地带去。可是家里长辈们的睿智终于占了上风，不然的话格林一族很可能繁衍到澳洲去。四年以后，林肯一位富有的酿酒商要娶她，送她一本《查尔斯·金斯利的一生》。此人远不及先前那年轻水兵，所以谈婚论嫁到头来一场空。当年还有过一位名叫拉斯特先生的男士，可谁也不知道此人对格林姐妹中的谁人感兴趣。就这样，弗罗伦丝最后相中当教师的菲利普斯先生。菲先生养了只猴，那猴会有条不紊地扒开一瓣瓣吃橘子，也会把墙纸一条条撕下，伸双臂搂住菲先生的脖子，跟他亲热。就算没这只猴子，菲利普斯先生能是个好丈夫？说来奇怪，每次想到成了老太婆的弗罗伦丝姑姑，总觉得她是个临时访客，来自比爱丽丝更远的地方，也许是澳大利亚吧。

莫德，我妈的妹妹，可算是个“穷亲戚”，单独住在靠近学校的一间小屋里。母亲打桥牌要是遇到三缺一，就把她叫来凑搭子，要不就是在我病后的康复期内，由她带我去南方的布赖顿疗养。莫德有神经质的一招，就是不住打哈欠加叹气，弄得搭档心烦。正因为这个坏毛病，第一次见她的男性无不被她吓跑。伯克汉姆思黛德发生的事情都逃不过她的眼睛：她是张活报纸。恰恰又是这一点让母亲来气。母亲也许以为自己是校长太太，稍有不慎就会上报纸头条。可正是由于姨妈的这一特点，后来我特别喜欢她，常从伦敦远道回来跟她同进午茶，听她家长里短地说道伯克汉姆思黛德轶闻。这时的校长已非格林家人，这便成了有趣的话柄。其中特别有一位，闹出过许多绯闻，姨妈可以讲得眉飞色舞，一点不用佯装假正经。她像是个耳朵贴地听动静的人。一次，我同弟弟休伊未经事先预报，从火车站走五分钟来到她家。她开门迎接我们时说："听说你们来伯克汉姆思黛德了，我就把茶壶热上了。"

我满六岁随全家乔迁到校宅之后，正待上学之际，我开始从宅邸储藏室一个大饼干罐中，惯窃葡萄干和无核葡萄，把衣袋塞得满满的，葡萄干在左袋，无核葡萄在右袋，然后跑到花园里，偷着尽情享用。一顿狂吃总是吃到打恶心为止，可为了不被发现，我又非把这些东西全部吃光不可，即使最后零散的几颗都沾上了衣袋的绒毛，也不漏过。这种即兴大啖比之常规进餐，自有一种别样的味道。同样，漫长的上午，在堂伯哈斯暾大宅的屋顶，沐浴着阳光，秘密野餐，那种魅力以后可再也体验不到。至于那幢大宅，现在已拆得片瓦不存，一个营造地盘把一切都吞没了——草坪、树木、马厩、牧草地，可这曾是我幼年初恋发生的地方。今天我看《樱桃园》这出戏的时候，常觉得自己重又置身建筑地盘，听见斧子落下的声音。我和克劳德·考克班恩会闻声坐起，一边大嚼我俩用每周零花钱（我记得是两便士）买来的蜜饯之类，一边讨论理想——进海军当个见习水兵，要不去南极探险——后来都没实现。我俩既隐秘，又安全，像上帝居高临下，望着下边院子和马厩里那些影影绰绰的工匠奔忙。甜食当中，我记得最牢的是一种长条形的白色果脯，比香烟还薄，可有一层黑巧克力夹心。现在再给我一块，我敢说一定还能吃出希望的美味来。

那些岁月还带回一种气味，那是我厌恶的早餐食物的气味。后来，当我走过某个零售商店外堆积的粮袋时，我注意到自己闻到了同样的气味。神奇的是，1935 年在利比里亚，我的搬运工身上的汗味，也跟这气味一样。不过在这潮湿又闷热的异域，搬运工们因为害怕食人生番而紧挨着我卧地过夜，我却喜欢上这种气味了：这成了亚非利加的气味。

六岁之后的往事中还多生病的记忆——我时常犯病，不过只有那牙医留下最最恶劣的印象。活到今天，我从未受过当年的那种痛苦。记得因为牙神经暴露，我痛得在客厅地上打滚。我想那人决不是个好牙医。请他治牙之后的多年里，在去北教堂村和“黑店”的路上，我都要绕开牙医诊所和那扇有色玻璃窗。玻璃上画的是“似笑非笑骑士”图，骑士挡住了我受刑的牙医椅。打那以后，听说父母都是去伦敦找一位克里克先生看牙的，我可生气啦。我敢说克先生虽然收费贵，病人却不至于这样痛苦。

说到其他疾病，我只维持了对病中生活的记忆：晦暝中的宁静感，时间过得奇慢，幽然独处，不灭的夜灯，还有母亲送来供我阅读的图书，而有时，诸如《察沃的食人狮》，书也是够无聊的。除去扁桃腺手术，还有一场病也够难受——花粉热发作的第一夜。那天跟兄弟姐妹们在干草堆里玩了一阵，病发作时谁也不知道是怎么回事，只记得整夜躺在床上睡不着，不停地咳嗽，上气不接下气。之后，发病再没有如此严重，即便是此后不久胸膜炎发作引起的疼痛，也完全可以忍受，不再那么骇人。那个夜晚也许确实特别，因为诱发了我的溺水恐怖——在我想象中，双肺准是浸满水了。

有两件涉及排泄的孤立事件值得一记。不知出于什么原因——想来只能是与病后疗养有关——我跟诺拉姨妈来到里德尔罕普顿。诺拉是母亲最中意的妹妹，比起可怜的莫德，乐呵呵地，更讲究风度，自然受人喜爱。可是德国籍的堂婶说到姨妈年轻时如何拥有一头秀丽的美发时，诺拉突然哭了起来。姨妈是个讲风度的人，如此失态，弄得我大窘，所以就没敢告诉她，我要上厕所，结果竟拉在内裤里了。六岁那年，也许是在同一场合，我在长兄赫伯特编辑的手写《校报》（我在其中的级别是办公杂役）上，用一点大便勾勒出了彩图。记忆中，大家误以为画的是一支雪茄，也就把屎迹放过了。对众人的误解，我很有点不快，却又没对任何人说破。近来，我翻阅《校报》，想找我的画作，终未找到——看来，画乃屎迹毕竟还是被发现了的。

除去童车底部姐姐那条哈巴狗的尸体，家畜中唯一还记得起的是一条名叫比基的北京小狮子狗。那也是茅丽的宠物，因为子女中间唯一获准养狗的只有她。在童室里，我们一起养过几茬金丝雀（一只雀儿长时间叫得太响而撑破血管而死）。有段时间，我养过两只小白鼠。一只把另一只吃了，然后又因孤独而死。可我却受到无端责备，说是我把小鼠饿死的。这样，我就再不养动物了。赫伯特（这是好久以后的事）曾把一只从集市上赢得的乳猪带回家，让猪住进他自己的卧室过夜。我住他楼下，睡不着的时候，老觉得他在我头顶踢足球——他是家族中的运动员。乳猪未获准在我家待下去。

北京狗是盛在盒子里捆绑着送达的。坐了长时间的火车，小狗脾气正暴烈，而且对我姐姐一直不抱善意，多次咬过她。比基倒是同我合得来。一次，出遛之后，狗丢失了，为此还报了警。最终，好几个钟头之后，伯克汉姆思黛德的大街小巷经过仔细搜索，又通报了博科斯莫和何末尔汉普斯黛德以及切汕姆等处协查，结果发现小狗在我床下睡大觉。母亲生性不喜欢狗，待到她对我的那条混血犬派提发生好感，那已是多年后的事了。比基后来咬了婴儿休伊，这才赶快卖给别人去关门豢养。

我记得最真切的玩具是一座堡垒，那是七岁生日那天送我的礼物。送来的时候，堡垒是拆散的。打钉进洞，我把吊闸、四壁和塔楼，背靠青翠的悬崖接装停当，结果这建筑与其说是堡垒，倒是更像中世纪的城堡；而说到堡垒，大战中的列日十二堡和凡尔登地堡群等等，不久将在我们的生活里变得非常重要。不过，有时拖来祖鲁玩具兵据守玩具堡垒可不免张冠李戴。

我们玩的游戏计有：1）法国人和英国人。那是在花园里玩的对阵冲突游戏，游戏规则虽已尽忘，想来总是起源于拿破仑战争。同样的游戏，夏洛蒂·勃朗蒂儿时也玩过。

2）找出顶针箍。叔伯姑姨们在场时，在客厅玩的聚会特许游戏。圣诞节那天，总有一大批姓格林的亲戚来访，因为我的双亲就是同姓的表亲。亲戚中好些都是单身，待嫁或待娶。

3）汤姆·廷德勒的地盘。那是在花园的槌球草坪上玩的游戏，一种越界游戏。“我来占据汤姆·廷德勒的地盘，抢你的金，夺你的银……”

4）海水搅动。圣诞节那天玩的游戏，届时好多堂表亲戚来进午茶。游戏实际上是“音乐椅”的一种。选一个人绕着一圈人信步走动，口中叫出一种水生动物的名称，被叫到的人得站起身来跟着走动。“海水被一只虾搅动……被一条鲨鱼搅动……被沙丁鱼搅动”，最后一句是“海水被所有鱼虾搅动。”这时，“海上风平浪静”的口令一出，众人一起抢占座位。我不喜欢这种游戏。即使在那幼小年纪，我就觉得吟诵的套话荒唐幼稚。

5）黑暗中捉迷藏。这游戏包含大家喜欢的恐惧元素。游戏地点在校宅的底楼和二楼，假日里也在学校的大厅。届时把所有灯光熄灭。

6）找拖鞋。[①]这游戏难得一玩，要玩，总在圣诞节。

7）音乐椅。这是圣诞节午茶会上不可或缺的一部分。到时候，格林家的富有堂亲都从厅堂那边过来，我们在学校旧时的大厅玩这游戏。我看谁也不起劲，也许除了叔伯婶姨那些大人。

8）邮政总局。[②]同一场合玩的游戏。聚会上玩游戏，总不像真正的游戏（那是没有成人参加的），而像是履行义务，就像上教堂一样。

① 类乎我国“丢手绢”的一种游戏，只是手绢变成待修理的拖鞋，围坐传递并藏匿拖鞋者假扮补鞋匠。

② 玩时圈内一人扮局长，一人蒙眼。局长叫出两地名，地名代表必须互换座席而不被蒙眼人截获。

其他游戏还有“猜字谜”、“哑剧猜字”，一种不出声的猜字谜，以及“叫数扎堆”，后者是我父亲儿时就玩的老一套。

我有种印象，以上这些游戏都已退出历史舞台，就如同诺门·道格拉斯描述的街上游戏一般。跟我自己的孩子们，我自然从来不玩以上各种游戏，因为那需要一大家子人的参与。

另外还有种真正的游戏，绝非聚会时玩的那一类。游戏是我长兄赫伯特发明的，我们在学校旧大厅中玩。赫伯特性喜冒险，由于成年之后老是失败，有时还败得丢脸，这才有所改变。玩那游戏时，我们分成两拨子人，各从大厅的一头相向出发。此前所有的灯光已经熄灭，所以大家只能摸黑前进，且不可被对方抓住。一排排的长椅垒作障碍物。神经紧张但很刺激，我们只能靠耳朵听地板有没有发出咯吱声，耳测前面的漆黑一片，前伸双手，摸索着慢慢向前。我把自己设想成1870年普法战争中的狙击手，关于这场战争，我是从G·A·韩提[①]的书里读到的。其时，战争仍是件浪漫的事。每年夏天，赫伯特指挥兄弟众人，在乡间小巷和厅堂后面的田野，整日里演练作战。我们带上三明治和姜汁淡啤，酒瓶用玻璃塞子盖住。一方的目标是渗透潜入马厩而不被发现，最后占领。树篱后的侦察，沿壕蛇行，在开阔地奋勇突袭——做这些动作时，生平第一次对敌方隐隐发生性的乐趣，因为在马厩院子里放哨的是个姑娘。

---

① 指G. A. Henty（1832—1902），英国儿童冒险故事作家。

直到多年以后成为大孩子，有一种娱乐是始终不许我参与的，那是在哈斯暾谋生的老神父恺能·鲍德温来伯克汉姆思黛德访问父母亲的时候。神父在光线幽冥的客厅里朗诵莎士比亚令人撕心裂肺的段落，一人饰演男女数角。我谨慎地拉开距离，在厅外过道上偷听。有时听见里面的人抿嘴咯咯笑，有时悲伤得吞声，或者放声大叫，那是邓肯王躺倒在地，“皮肤上镶着一缕缕黄金的宝血”[①]或苔丝德蒙娜被掐死之际。父母这时屏息静听，有权入内欣赏朗诵的客人有谁咳嗽一声，恺能就念到一半突然中断，像哈姆雷特叔叔那样暴怒呼叫“拿灯火来”。说来也不奇怪，他的女儿嫁了莎士比亚学者多佛·威尔逊。

恺能和我父亲都好下棋。父亲曾以函奕方式代表本县参加棋赛，但他承认恺能比他棋高一着。恺能有时拉着父亲散步去公地，一路上变手谈为口奕。“我攻皇后的‘兵2’开局，”他会这么说。父亲接招出棋，可是约十个来回之后，对棋盘上的局势终于没了概念，这时恺能便洋洋得意又不容辩驳地宣布：“将死啦!”

① 莎剧《麦克白》中台词：“Here lay Duncan,/ His silver skin lac’d with his golden blood.”

第二章

1

1910 年我父亲出任校长一职时，全家便从圣约翰堂(沿公路拐进通衢大街，在诺曼教堂处左转，入城堡街可达)搬进校邸，一直住到 1920 年代父亲卸职为止。给我印象最深的新鲜事物，莫过于从街面到大门的那条长步道。走道右首是都铎王朝时代的红砖校舍；左边，仅隔一个花坛，是弃用已久的教堂坟场。墓碑上时常蹲坐着一只白猫，父亲说那是 18 世纪一个臭名昭著的校长的鬼魂化身，此人挂了个空名，却终年外出不理校政。十六岁那年，我曾同彼德·昆内尔[①]坐在一块墓石上，两人对诵文艺丛刊《黄书》中的文字，自问很有胆量，且已懂颓废是怎么回事。

长步道的尽头，越过校舍区，你就来到网球场。球场旁边是个小花圃，其中的小塘里养着蝌蚪；还有一个密蒙花丛，夏天，这儿孔雀蛱蝶满天飞。早年记忆之一，便是在花丛附近抓到一只小小的鹤顶雌粉蝶。别人告诉我，这种蝴蝶极为稀有，比雄性的同类少见多了。每每我抓到蝴蝶，总是把它放进一个毒药瓶，因为心有不忍，而不像哥哥姐姐们那样，把蝴蝶钉上盒子做标本。蝴蝶标本风干后必脆，加上老是供人参观，最后化作齑粉，只好丢掉。我不怕蝴蝶，可是非常害怕飞蛾——那种长满毛的虫体总有些什么吓人的地方。今天我还讨厌蛾子，房间里如果飞进一只，不把它弄死，就不舒服。密蒙花丛以远，是两座互成直角的暖房。较小的那座，只放盆景和天竺葵之类的植物；大暖房里养着的东西重要得多，譬如父亲从伦敦拍卖会带回的兰花，还有绿葡萄。暖房里搁一张帆布椅，闲下来的时候，父亲常坐在这儿抽烟斗，把烟吐往葡萄上方去熏死蚜虫。当时厉行随手关门的规定。在我当年的印象中，气温稍降就导致植物暴毙，这印象并不离谱。一次，那个光听名字易生误解的园丁查奇[2]，喝醉之后忘了给兰花花房的炉子拨火，兰花全部死光，包括一棵人出三百镑父亲都不肯出卖的良种——要知道那可等于今天的好几千英镑呵。要是一部作品的稿子大大咧咧地给毁了，对我绝对是个莫大的打击，兰花的死肯定也是如此。可是哥哥不记得他提起过这件事，园丁也没遭解雇。

小暖房旁边有道门，通往槌球场，场地的对面有几棵苹果树和一座活动小屋，这是我最初逃课时主要的藏身处。我已记不清楚，自己操起个球槌猛击雷蒙德的头部，狠命想把他打死，是不是发生在这一阶段。这火爆的一幕可能还要稍后一些，当时我跟他合居一室，每天早晨醒来总要大吵一场。打那以后，我跟婴儿休伊一室，小家伙夜里老哭，弄得我睡不着，怪不舒服的。

---

① Peter Quennell（1905—1993），长大后也成作家。

② 原文 Charge，有“负责”之意。

走过槌球场的草坪(整个儿学校如今对我说来，真可说是辽阔渺远，因为与大多数同龄人一样，我只能盘桓在卧室和起居室之间的逼仄空间，过着公寓生活)，来到一排木桩篱笆，将球场与厨房菜园和一个树丛隔开。那树丛里长着悬钩子和撑着藤条的罗甘莓。有的时候，但并非经常，我们获准可摘吃一点莓果。我个人尤其喜欢个儿肥硕的罗甘莓略带酒香的味道。厨房菜园往外的右手方，是学校禁闭室的入口，左边是马厩。在那个年代，这儿不泊车，连马也没养，只有一头名叫米兰达的驴(母驴用来驮载衣物付洗)。紧接着的是园丁查奇的小屋。过了小屋，在又一堵墙的后面，父亲让人建了一个校宅的疗养室。近处，在第二座菜园里，给我们这些孩子分派了各自耕种经营的土地——大约有七平方英尺。(我只记得种过萝卜。)仅有的另一项园艺活动，是提个桶捡蜗牛，往它们身上倒盐，眼看蜗牛分解而成泡沫。(事后清点蜗牛尸体，每杀死一百只，就有重赏。)想来，用个网球拍捕杀一打菜粉蝶可得一便士，应是好些年以后的事了。我觉得那是很好的运动，对于中国鼓励大家见苍蝇就打的灭害意识，我深表认同。①

校宅座落在城堡街上，拾街往下，可抵运河。对街是几家破破烂烂的小铺子，不及通衢大街商贾的等级。一家糖果铺(你得攀上台阶

① 原注：有一年我乘坐从汉口到北京的火车旅行，坐在餐车里，饶有兴味地注意到，四处都有苍蝇拍子。可是，天哪，哪里还有苍蝇可拍？我于是又记起另一件往事：1942 年在塞拉利昂的弗里敦。那是个阳光明媚的日子，我把小小一间办公室的窗子关住，掐算着时间，在四分钟里打死三百只苍蝇。

光顾)是我们为打仗游戏买矿泉水的地方；一家叫做贝利的首饰铺(窗子后面老坐着一位飘白髯的老者，一眼扣个放大镜，在那儿修表。谁要是对我读圣经，讲摩西和石碑十诫的事，我必定想起他来)；一家文具店；还有一家当铺，一次我想去当掉一个破板球拍，人家不收。

那球拍是在一场偷打时弄破的，为了找到打飞的球，我又用它拍打运河附近的矮树丛。我当然不愿让家里人看见板球拍破成什么样子了。那年我差不多八到十岁光景，跟两三个城里当时人称劳动阶级的男孩混熟了。某年夏天，我老是偷偷在运河边的垃圾堆附近跟他们去玩。我总是带去一个板球拍和一只板球。这两样东西，他们谁都没有。(板球，即使在学前预备班里，仍作为游戏。惟有到了高年级才算是体育运动，学生这才对它发生敬畏。)

这类说明社会对个人人格影响的记忆并不多。要不是社会因素，干吗非偷着厮混不可？其他记得起的类似例子还有。1914 年大战期间，城堡街住着个老妪，专做牛肚生意。我就被灌输了这样的理念，似乎她的营生比屠户还要卑微得多——她就是个“不可接触”的贱民，尽管我们寻常都蘸着白色的洋葱酱吃她的牛百叶。母亲听说那卖牛肚的女儿嫁了个有身份的人，气就不打一处来；而所谓身份，也就是暂驻城里的伦敦四律舍军官训练团的一名成员(训练团被市民不无骄傲地视作一支特别的军队——每个成员都有潜质，以后不当军官，就做律师)。

十岁左右进入初阶，我才同样意识到附着在“培训男生”一词上的羞辱意味。走读生跟住校生一样有尊严，“培训生”可不一样了。（克劳德·考克班恩[①]住在区区几英里外的屈灵，因为是作为住读生送到我父亲学校来的，才算免了这羞辱。）这种等级划分是许多老师纵容而形成的。“培训生”被认为肮脏（这不奇怪，在伦敦和北部的大西铁路坐上半小时的火车，烧的又是战时劣质燃料）；其中不少人是拿了林肯郡县公署奖学金来上学的，这一事实也被认为有损颜面。父亲跟母亲很不一样，没有那么些社会偏见。作为校长，他后来试图给“培训生”一栋宿舍并指定舍监，让他们不再觉得低人一等。可他给这些学生起了个“附加生”的名字，这就于事无补了。谁要与所谓的“培训虫”为善，那是需要道德勇气的。但是我也只记得一种模模糊糊的感觉，对他们中间最脏的那一位，自己充其量也只是私底下能够忍受罢了。此人有一次在年级大教室里当众接受笞挞，至于究竟做错了什么，从未向大家说明。只是在那个年龄，我们习惯于成人的道德倒错，谁也不曾费心去问问他原因是什么。

虽说父亲完全没有社会等级方面的势利，我却注意到母亲以及暂时还侍候在她身旁的女眷们，都对王族表现出某种过分的兴趣。对此，我隐隐觉着愠怒，似乎这有损家族自尊。不过，对于小说里写到的王室黼黻荣华，对于想象中的鲁里塔尼亚浪漫王国和克拉弗

---

① Claud Cockburn（1904—1981），出生在北京的英国著名记者和报人。

尼亚[1]，倒还能接受。

最初，我与休伊同睡一室。今日回想起来，有好长一段时间，这个夜哭郎弄得我连续几个钟点睡不着。睡觉前，我得从主楼梯分岔而出的一道支线悄悄摸上去。这道小楼梯陡直往上，通到母亲私人专用的卫生间，而卫生间高踞楼顶，可俯瞰一头是禁闭室的平台。父亲从不使用这个卫生间，我记得，孩子们也只是偶尔用一用。黑夜里，要攀爬这条狭窄的楼梯上床去，真叫恐怖：什么怪物都有可能潜伏在那儿。

我与一大群摸上去软乎乎的毛公仔作床伴，至今还记得一只玩具熊（我的最爱），一只从无指手套改造的绒布熊（我的次爱，只因为它不能独自直立）以及一只蓝鸟（那是写《青鸟》的梅特林克走红的年代）。我保存着那只公仔鸟，想来只是为了让床铺不致空空荡荡，因为我其实并不喜欢长毛绒的手感，而且上文提到过我有鸟类恐怖。屋子里安静下来之后，火灾恐惧会像轻烟一样冒起，我会想象自己已被全家抛弃。我会让玩具熊掉在地上，然后大叫保姆或小女仆把它捡起。有人进屋，我就得到安慰，知道一切正常，这样方可入睡。不过，我也记得有一次爬下床，坐在楼梯口，为的是听到下面餐厅里传来的絮语人声，大人说话轻轻的嗡嗡声，这说明房子还没有着火。

那些年月我最喜爱的玩具要算一列发条火车和那些铅兵。铅兵一

① 两处均为安东尼·霍普（Anthony Hope）等作家的虚拟。

旦四肢不全，站立不稳，我们就用一个平底锅把它们放在童室的火上烤熔，就如同今日瑞典人在新年之夜占卜运势时做的那样。(我清晰记得，有一夜在斯德哥尔摩，我从水里捞出的竟是一个斗大的问号，不可知的未来全在其中了。)长大一些以后(大约十二岁吧)，我会跟六岁的休伊一起玩根据H·G·威尔斯作品《小战争》演绎的战争游戏。假日里，我们可以使用校宅餐厅的大桌，把两张桌子拼拢权充乡野，再用粉笔标出公路、农舍、细枝疏林和必须横渡的河流。这种游戏可以玩上一个星期而不厌，各方都有两百名左右士兵，有骑兵的闪袭和步兵缓慢的推进，一切都以一段段的绳子来度量；还有双方的大混战，导致官兵被俘；两尊4.2口径舰炮的轰击，等等。那是1916年，对小孩来说，战争仍有极大的蛊惑力。

我还经历了米卡诺公司的模型拆装阶段，每年圣诞节，总是匣子叠匣子地来回摆弄，可又实在缺乏工程师的灵巧。作为上瘾的爱好(这在童年几乎是无法抵御的强迫症)，我集邮。我后来把邮票卖给了休伊，他老弟好像从不缺少现钱——一定是把每周的两便士零花钱积存起来了，虽说我从未发现他储钱的地方；也曾用邮票交换他赚来的南极书籍。(我对北极不感兴趣，因为那儿全是海洋。)我做白日梦，也会想象自己作为海上童军一分子，如何被征募去探险。大概是十岁那年，我写信给探险家波鲁斯博士，批评他在家庭大学图书馆系列里发表的关于极地探险著作中的若干陈述，并收到对方彬彬有礼又自我辩解的回答。

有短短的一阵子，我还搜集过香烟明信片，原因是有人送了我一本附有邮戳的粘贴集。我发现这玩意儿有点抽象，没法根据集邮大王斯丹利·吉朋斯的目录，来辨明远在天边的马来西亚槟城，是否比近在眼前的里德尔罕普顿海滨安格梅林村更加值钱。家族纹章和明信片各有自己特定的粘贴集。此外，我还记起另外一件玩具：高架单轨车，尽管在现实生活中我从未见过这样的交通工具。薄薄的钢质单轨很难安装，再说车辆无法长时间行驶其上，摇晃得厉害，一失去平衡，便一头倒在地上。今天若是让我乘坐这种单轨车，准会紧张得要命。

童室书架上让我最感兴趣的书，计有教会女作家夏洛蒂·M·容戈的《小公爵》（本人写作《恐怖部》时，常又回想起那部小说，而战后修改时更是插入了几个《小公爵》的章回文题）、安德鲁·兰恩神话书店出版的迈律埃特海军上校所著《新林子里的孩子们》，以及E·内斯比特的多种作品，其中我最喜欢的是《着魔的城堡》、《凤凰与地毯》以及《五个孩子和这东西》（稍稍逊色的有《假设有用》，而《寻宝人》在我看来，不过尔尔）。这几本书里至少有两个事件一直存留脑中如真，一件是恐怖，另一件乐事叫人兴奋称快：《着魔的城堡》中那群由面具和阳伞组成的丑八怪，突然活了，用没有上颚的嘴巴给孩子们的演出叫好，空手套相碰算是击掌；《凤凰》的结尾是神鸟飞走，来了一只大盒，里边全是孩子们想要的东西：“玩具和游戏器材，图书，还有巧克力、樱桃果脯、画图的颜料盒和照相机”——那年月想来准是勃朗尼牌子的吧。我记得我总是独自读书。吉卜林的《咩，咩，黑羊》也许是别人对我朗读的，那就像警号响起，原来不可把童年的幸福视为当然。更早一些，自然还有比阿特丽丝·珀特。我对这位女作家的作品一向倾心，而且是一读再读，常温常新。这样，在我本人的一个短篇《花园底下》里，就可看到顽皮小猫汤姆在壁脚板后面被老鼠痛打、又被恶毒的鼠妈妈安娜-玛丽亚裹了面团的隐淡影子；而在《布赖顿棒糖》里，那个心术不正的律师普利维特，看着秘书们抱着小小打字机走过时，更是如饥似渴地学舌珀特小姐笔下的对话。

在人生这一阶段接近结束时，我迷上了韩提。童室书架上有一长溜他的作品。我尤其喜欢平实叙述历史的内容。“第十四骠骑兵团排成密集队形往山脊的顶部前进，右翼是第二廓尔喀人团……”瑞德·哈葛德是在韩提之后的新发现。我最喜欢的，当然，是《所罗门王的宝藏》①，但是后面的几部夸特曼因作主角的冒险故事读得我兴味索然。然而，过后我又一头栽进，爱上了《百合花奈达》②，更因祖鲁大王查伽的蛮勇而欣赏他。再往后，读到哈葛德关于十字军的《兄弟们》③，其中有句豪言壮语，至今不忘：“这样，他们毅然前往，热烈谈论世间万事，可是除了对于上帝，一切已归绝望。”另有

① 即早年林纾译作《钟乳髑髅》者。
② 即早年林纾译作《鬼山狼侠传》者。
③ 即早年林纾译作《烟火马》者。

《漫游者的项链》（一部拜占庭的浪漫故事，其中的英雄被自己所爱的女人瞀目）、《阿霞》，亦即《她》[1]之续集。对于《她》作品中的浪漫主义，我一无好感，而那形而上的爱情故事铺排得过于散漫，对此，我今昔观感相同（我一向宁取弗洛伊德而舍荣格）。可是在《阿霞》中，有个场景以苦难和残忍兼而有之的震撼力，一下攫住了我，那就是愤怒的可汗带上嗜血的猎犬，去追杀追求自己妻子的贵族。"下文如何，我就不描述了，可是我永远不会忘记那两堆互咬的恶狼，以及癫狂的可汗一边魔鬼似的大发雷霆，一边唆使致人死命的猎犬去完成血腥的工作。"《芒特祖玛之女》引导我去阅读并重温学校图书馆里的一部墨西哥历史，考忒兹[2]沿着狭长的堤道从墨西哥城撤退的那个风高月黑夜，至今仍是我的梦魇。那些年月的我恰好是校长之子，那是多么幸运的机缘，因为假期中图书馆所有的书架都对我开放，成千上万本书等着我去涉猎。

我被介绍去阅读斯坦利·威曼定是相当早的事情了，因为我至今犹记如何听人朗读《弗朗西斯·科腊德的故事》（玛丽女王统治时期对新教的迫害），而对此特别喜爱。那可能发生在我隔段时间生一次病的某一阶段。（在漫长无际的童年岁月，生病不失为调剂：两次是麻疹，一次是颞骨下险些发生乳突，还有黄疸，胸膜炎。）其他斯坦利·威曼的作品中，也有重要性不亚于此的，如《汉尼贝儿伯爵》

① 即早年林纾译作《三千年艳尸记》、曾广铨译作《长生术》者。

② 当指西班牙早期殖民者 Hernan Cortes。

（书中求爱者忍辱受虐，最后征服那心高气傲的美人）和《五莱的女修道院院长》。我之所以看重后者，也许是因为这本书是我冒了一点险，从当地一家叫做 W · H · 史密斯的店里偷的。为了怀旧，我后来又买过几本书重读，其中有关于义和团叛乱的《消失的纵队》和《海盗飞机》，都是基尔森上尉写的。后一本给我影响奇深，因为其中有个性格可爱的美国恶棍。有个片段描写年轻的主人公破坏飞机未遂，一俟天明将被枪决，可照样跟拘禁他的人玩纸牌，而那人本性残酷无情，有时却又显得宽容。后来我写《英格兰造就我》时，也有一场纸牌戏，写时，上述片段就栩栩如生地再现于脑海。我每周都买《男童》周刊，还特别记得一组盗版连载，堪与《金银岛》媲美——可是作者是谁，却记不得了——还有一篇引人入胜的关于世界大战的报道，说是大战是从伦敦港的苦力罢工开始的。（我曾逼着弟弟休伊连续几小时，静静躺在沙发上，听我把报道读完。）

早年读过的书，影响至深。未来很大程度上就由那些书架决定：幼年读书对一个人的行为的影响，可能胜过任何一类宗教教育。我有把握说，若不是读过基尔森上尉的《消失的纵队》，二十一岁那年。我不会跨出第一步就出错，去了英美烟草公司，他们答应在中国给我一个职位。而要不是瑞德 · 哈葛德的影响，稍晚一些我会被吸引到利比里亚去吗？（这导致战时在塞拉利昂任职。早在牛津，我已试验性地打听过日后在尼日利亚海军谋职的可能。）毫无疑问，二十年后诱使我去墨西哥的准是《芒特祖玛之女》和考忒兹灾难性的撤退故事。

另一方面，《察沃的食人狮》造成我对东部非洲生活无聊的偏见，就是海明威也无力改变。直到1951年我被派去报道茅茅人的叛乱，以及在肯尼亚的基库尤一路上挥之不去的冒险感，才使偏见消失。

在这阶段，诗歌给我的影响微乎其微。预备班里，也教诗歌选集，其中不少诗句显得夸张而无意义，像阿林厄姆[①]的“直上云中山”句和丁尼逊《溪流》诗。有一回，我们被告知，可以自选诗歌背诵。我因为背下了关于勇士爵爷威鲁比的一首长民谣，而得了名不副实的称赞。可那是整部选集中我唯一感到有点兴趣的诗。“贺雷修斯”[②]包含太多古时的典故；在我那幼小的年龄，还无法理解《勃兰伊姆大战之后》[③]。《芭芭拉·弗里契》[④]略好一些，而《乌林爵爷之女》[⑤]糟糕透顶，而惟其糟糕，我在几部作品中会不由自主地引用到，说到文字俗套无趣，即无可避免地以此为证。

我对《贺雷修斯》一丝不苟的态度，到了上学之后，肯定仍然不变，这从七岁那年，回答《校报》的一个问卷，就可看出。（我因为自己“忏悔”式的答卷，好像得了第二名，奖赏是一打管装水彩颜料。）

---

① 当指 William Allingham（1824—1889）。

② 此罗马勇士以及上文关于威鲁比的叙事诗，疑均出自当时流行诗集 *Lyra Heroica: A Book of Verse for Boys*。

③ 英国诗人骚赛所作反战诗。

④ 美国诗人惠提厄（John Greenleaf Whittier）名作，女主人公在南北战争期间“以头护旗”的英雄主义一直传为美谈，丘吉尔作为英相过访故地时还朗诵过此诗，可见英童幼年受此诗激励之深。

⑤ 苏格兰诗人坎贝尔（Thomas Campbell）所作，寻常的情人私奔，葬身大海，严父追悔的悲剧故事。

你生活的最大目标是什么？乘飞机上天。

你的幸福理念是什么？北上伦敦。

谁是在世的最伟大的政治家？不知道。

谁是小说中你最喜欢的角色？迪克森·博莱特[①]。

你最欣赏男子身上的哪些品质？好相貌。

女子呢？干干净净。

你最喜欢如何打发时间？玩红印第安人游戏。

你最倾心的嗜好是什么？搜集硬币。

你最喜欢引用的名言是什么？“我，再有两人帮忙，足可拒敌。”[②]

你最喜欢哪位作家？哪部作品？司各特。《符秭石传奇》[③]。

你最欣赏的板球运动员是谁？赫伯特·格林。

哪里是你首选的度假地点？奥佛斯特兰德村。

先说飞机。上文提到过，一家人终未看到布莱里奥从伦敦去曼彻斯特的飞行。如此说来，我此生亲眼所见的第一架飞机，是从学校操场上方的童室窗子望出去看到的。飞机突然俯冲下来。后来才听说，

① 见本书第一章·2。
② 罗马将军 Horatius 语，详见麦考莱诗。
③ 即早年林纾与人合译作《十字军英雄记》或《狮王李察》者。

机师是本校的校友(若记忆准确，名叫温布许)。当时，他的弟弟正在操场上，而且知道开飞机的就是哥哥，只能眼睁睁看着飞机坠毁。他飞也似奔下山，来到学校，一句话也没说。从那以后，我常看着飞机掠空而过，每次都有点怕见到它们掉下来，仿佛第一架出事，罪责全在我目不转睛的仰望。

有一次，校友充任机长的一艘飞艇，降落在伯克汉姆思黛德城堡的地界上，并留在那儿展览了几天。文具公会的人甚至还制作了飞艇的明信片。打那以后，过了好久，我才又见飞艇，记得那一次是夜里被人叫醒，裹上几层毯子，被带到盥洗室窗旁，看一艘德国人的策帕林飞艇在夜空燃起熊熊大火，那是在波特斯巴市的上空被击落的。

关于伦敦。一年一度，我们都要被带去看彼得·潘的演出。我喜欢这戏，真可谓是全身心投入。最爱看的一幕是彼得·潘持剑独斗海盗。其次，差不多同样喜爱的是那令人大乐的惊魂一刻：当脸上打着绿光的虎克船长，从仆役进出的舱口探身而出，往彼得的杯子里下毒。临死时的小仙女丁丁使我感动。但我绝不会同观众一起喝彩，说自己相信仙子。那就太不诚实啦，因为除了演戏那一刻，我从不相信。使我大失所望的是，后来几年的演出中，妖娆美人鱼一场给删了，至于原因，我猜想，是战时厉行节约。我倒宁可不看树顶小窝，因为我从未怎么喜欢温迪这个角色。“死亡可是场了不得的大冒险”这句台词回响在我的青春期的全过程，一直延续到死亡对于我们所有人都成了平时日常的冒险，这句话才淡出。稍稍年长之后，在十二岁那年吧，我被带去看过重演的《令人钦佩的克赖顿》[①]，那个名叫什么什么夫人的女主角，在荒岛上身披兽皮，弄得我多少个夜里心劳意攘。此人是我最初的性记忆之一。演这角色的可是凯瑟琳·内斯必特？如是，辗转反侧、难以入睡的夜晚必是前不久拉珀特·布洛克[②]同样体验过的。虽然年幼，我当时寻求的已不是“母性慰藉”。观剧诱发的下一次性冲动，是在看《克里斯托弗·斯赖》[③]的时候。与麦忒森·蓝厄配戏的是他的妻子[④]，那美艳绝伦的女人穿了件丝质白色长寝袍，挑逗作用丝毫不亚于兽皮。

每次去伦敦，通常都要同一位从印度远征军退役的上校亨利·赖特和他夫人、我的姨婆莫德，在贝尔格拉韦路11号，共进午餐。那地方对我来说，简称11号。莫德此前曾介绍罗伯特·路易斯·斯蒂文森与他的第一个伟大情人[⑤]相识。这位情人，即人称希特维尔未亡人的那位，当时还没割断跟一个被嫌弃的酗酒丈夫的关系。对于这些，当然，那时的我全然无知。倒是吃过午餐，赖特上校从旁边柜子里取出一个硕大无朋的夜壶，着实让我久久难忘。那东西是见证维多利亚时代风俗的遗物。赖特上校是我的教父，大大咧咧的一个人，像爱德华七世那样蓄了胡子。我猜是因为痛风，他得拄杖而行，虽说他

① 原文 *The Admirable Crichton*，也有译作《巧管家》的。
② Rupert Brooke，英国诗人，前述女伶的情人。
③ 原文 *Christopher Sly*，莎剧《驯悍记》中主人公名。
④ 蓝厄(Matheson Lang)，20世纪初著名的莎剧演员，其妻 Nellie Hutin Britton 也是演员，后夫妇自办剧团。
⑤ 指爱称“芬妮”的 Frances Jane Fetherstonhaugh。

对我兄长雷蒙德说他有一条假腿。在我们出发去剧场之前，他向每个孩子伸出一手，里面藏了一枚半克朗的硬币。他殁于第一次世界大战期间，给我留下了一块金表。母亲把表卖了五个英镑，为我作为战时积蓄存了起来。这以后的四分之一世纪多的时间里，表是我继承的唯一遗赠。

赖特上校死后的日子里，我们总是被带往伦敦索霍区的弗罗伦丝餐馆。在这儿，令我惊诧不已的是，端上咖啡的总是一位身穿东方服装的黑人男子。我那时还不准喝咖啡，老是兀自担心幕启前到不了剧场。大人吃喝的时候好像都是慢吞吞的，对看戏又全漫不经心，跟他们同行实在有点靠不住，特别是如果其中有堂伯格雷厄姆的话。我对他始终有个成见，认定他是来看子女，而非看戏的。

*关于男子身上最受欣赏的品质。*我最喜欢小舅舅弗兰克，母亲格林家的唯一亲属。高个儿，英俊，知书识理。那一阵子，除了他来我家过圣诞，我难得见他，还羞于同他说话呢。他对我太了解了。虽说我喜欢他，他对我幽然独处的私密生活可是一种危险。他是个公务员，任职于教育署，在我七岁那年，娶了爱尔兰诗人陶德杭德博士之女为妻。叔伯舅姨这一代人中，数他最有文学头脑。他喜爱步行。待我稍稍年长，他会带上雷蒙德和我，徒步去看当地“节礼日”[1]的猎犬会猎。时至今日，行文到此，我仍能感到双脚似乎又踏上田埂里的

① 圣诞节的次日，因过年持盒巡求赠金而得名。

突起硬土，看见骑猎人呼出的热气，喇叭声和呼喊声尖利如节日的坚冰。猎犬出动之前，我们都没法确定狩猎会不会取消，会不会听到看见狐狸时发出的追猎叫声，看到掠过冬日原野的一抹抹猩红色。弗兰克因阑尾炎死于1920年代后期。除了战死在法国诨名叫“圣乔治湖”的远亲，他是我第一个为之哀恸的亲属。

关于女子的品质。我想当年回答这道问题多少是受了轻视女性的影响。《校报》上有篇我姑姑写的餐桌漫谈文，说是我无端地瞧不起姐姐茅丽，并由她兼及所有女孩——虽然不久之后，我不再如此。可那时我一遍又一遍尖刻骂人：“你个傻瓜，茅丽。女孩都傻透了。”“女孩不懂，他们啥也不懂。”“女孩动作慢，老是落在最后。”

关于喜欢如何打发时间。我真是糊涂了，怎么会那样答题的，因为我不记得曾经玩过红印第安人游戏。《最后一个莫希干人》直到今天，于我仍属不可卒读，而当时还没有西部片呢。依稀记得自己有过一副小小的弓箭，拉手部位护有绿绒。有一阵子，我在苹果树上吊个什么东西做靶子，胡乱射过几箭，终因箭技太差，不多久就不玩了。

关于倾心的嗜好。硬币是指任何可以弄到手的外国硬币。这些硬币叠在一个盒子里，盒子后来还用来存放其他宝贝：拉锡塔尼亚号勋章的复制品，那勋章据说是德国官方颁给击沉这艘英轮的潜艇官兵的。还有一张来自西线的明信片，那是红发表亲“圣乔治”寄给我的——明信片其实是张表格，文字早就印好，诸如“我很好”，“我进医院了”，寄发人只需把合适的信息勾出即可。他还给过我一个尖顶的普鲁士枪骑兵的头盔，上面还有血迹以证其真。他战死的噩耗传来时，我哭了好久，也许从那以后，再没有谁的死讯如此动我五内。对于孩子，永恒了无意义——小孩尚未学会希望。

关于喜欢引用的名言。当年的回答使自己也惊异，因为我记得自己更喜欢艾敦[①]的《芒特罗斯被处决》，那诗把英雄主义与不公判决糅在一起描写。而对于不公，儿童在幼小年龄就知道是怎么一回事了。

关于喜爱的作家。司各特与狄更斯我都可读到，那是伯莱基出版的精美的正方形图书，附有彩色插图，称之为“给孩子讲故事”系列。系列中有《雾都孤儿》，还有司各特最长的作品《山顶的佩弗里尔》。原文都是尽量保留的，惟有沉闷的描写段落被编辑大笔一挥删节了。

关于板球。我认识的板球运动员，当时惟有我的大哥，所以我褒扬他并非夸大其词。我记得，某次在奥佛斯特兰德曾随他去看县里的一次比赛，他要我去找球员们签名，因为在他看来，他们对一个小男孩总会有求必应。队长搂过我的头颅当做写字桌，别提我有多高兴了，那种精神上的满足比之十四岁那年在坚信礼上得到一位主教的签名，远有过之。找人签名的事，后来只发生过一次，那次我是戴着学校的鸭舌帽，奔跑着去追G·K·切斯特顿，大作家正沿着夏夫茨勃

① 指苏格兰诗人 William Edmondstoune Aytoun。

利大街费力走去，身影活像莱潘托海战中的一艘大帆船。

关于喜欢的度假胜地。复活节的度假地里德尔罕普顿，到了夏天，被母亲认为是低俗去处，来客身份与我们不配，于是一般都改去诺福克的奥佛斯特兰德村。村子上方悬崖壁立，那上面有大片紫红色的罂粟，被称为“睡梦之园”。我老是觉得史文朋的《弃园》写的应该就是这儿附近。里德尔罕普顿对我更具意义，记忆也更清晰：草地上的公羊拖车(我还有张坐在那种车里的照片，披着鬈发，说不准年龄)；任你捡拾海葵的银色沙滩，一个得摆渡方可抵达的异域，就像老家大路对过的花园，不是每天都可以去的地方；阿闰德尔公园的野餐，得坐上马车，伴着嘚嘚蹄声，方可到达那里(因此我后来非常喜欢阿尔弗莱德·诺伊斯的诗句：“剪径强人骑马而来，直逼古老客栈大门”)[①]。

年龄大一些的孩子们跟一位里沃思小姐和她的马夫学骑术。那马夫名叫基尼，长得瘦小，阴阳怪气的，大家都不喜欢他。就连他的名字听着也猥琐。我快八岁那年开始学骑马，相当热衷于训练课，可愉快又伴随着恐惧。第一次信马由缰奔跑那次，人马正行近横跨阿伦河的大铁桥，小马受了惊，纵身跳过一条沟渠和一排树篱。我因为还能端坐鞍上而受到称赞，虽说危险过后片刻还是从马背上摔了下来。因为失败反受夸奖，这是第一次，以后还有多次。

---

① 原注：我得承认自己不知感恩。三十年后，诺伊斯曾因我写了一篇对他自传的书评而威胁要告我诽谤。

2

上学之初，隔着一扇绿呢包裹的门，我在父亲书房过去一点的地方上课。甬道通往假日里我们玩耍的旧大厅，另外一条通到女总管房间和平台。女总管之一，韦尔斯小姐，在我七岁生日那天，曾闹了我一个大红脸：我送去生日蛋糕的一角，她吻了我。那天回到家人中间，我是又生气，又像打仗败下阵来。诺诺姨妈在《校报》上写到我这番经历："我去送生日蛋糕，韦尔斯小姐居然吻了我……"我心里直打鼓，因为这一来，事情便植下根，艺术使其不朽。

去上课还可操另外一条路线：走过暗室和童室楼梯口的内衣衣柜，穿过一扇玻璃门，抵达宿舍区。由于只有在学校不上课的时候，我才可以自由在此出入，记忆中的这几个地方总是空空荡荡的——铁石般冰冷，丑陋狰狞，荒寂无人。

我在行将满八岁时开始上学，因为我的生日在十月，而此时学校已经开学。负责一年级的老师名叫弗洛斯特。后来学校重组，他被派去负责预备班。预备班占了一栋楼，也就是莫德姨妈曾经住过的地方。也就是在这儿，整整一个漫长的夏日下午，我第一次战战兢兢读了《德拉库拉》。能够记起的惟有血的咸味，因为一边读书，一边不住抠嘴唇，弄得血流不止——当时甚至觉得自己会因鲜血流干而死，成为德拉库拉伯爵的牺牲品之一。

弗洛斯特有美名，说他对付年幼的男学生很有一套，不过我有些怕他。他常用夸张的手势把黑袍一撩绕着身子，然后习惯性地恣意来个恶作剧，用一个拳头像攻螺丝那样戳你的脸颊，非弄痛你不可。

上学第一天的情形都忘光了，只记得我被叫到朗读《库克船长的航行》中的一段，这书是那一学期指定的英语教科书。我当时就发现，那种正儿八经的18世纪散文体非常呆板无趣，至今观感不改。我喜欢的科目是历史。差不多十二岁那年，历史教师是个大家都瞧不起的笨伯，寻常对学生的批语都是“尚可”、“用功”、“肤浅”以及诸如此类的短评，可在那一年度的成绩单里竟说我“有历史学家的潜质”。我很得意，可再不无道理地一想，那是在向我父亲邀宠哩。

那个阶段，我在学校里不能说过得不开心，只是到了十二岁上，升到初阶的毕业班以后，整整一个学期，我都是倒数第一名，信心荡然无存。教师之中，我记得一位名叫莫瓦的超级肥佬，几茎稀疏黑发呈条形爬过秃头的颅顶。可怜人，他准是先天有病，这才不适合服兵役。战争期间，令所有人目瞪口呆的是，肥佬娶了个年轻的小美人，一位临时的女管事。真是美女与野兽的交合。负责初阶部一处堂舍的教师名叫辛普森，颇受大家欢迎。此人从不循规蹈矩剃须刮脸，早祷课上已经可见下午五点的髭晕了。虽说总体来说不算胖子，他有四个下巴，堂舍里哪个学生犯事，应受责罚，被他抓住，他就会幸灾乐祸地搓着双手。他会以诙谐的方式祭起体罚这一法宝，打人时显得非常满足。奇哉怪也，这反而使他颇得人心。即便在当时，那些小男生像是跟他合谋，共图快乐似的。

对于军训，我已不记得什么细节，除去有一次嘲笑堂亲图特，因为他哭着从操场跑回了家，使我大大丢脸。那时，我已在心底感觉到自己只属于受害者一方，而非施害者一方，而图特的行为简直就是背叛，对不起当年我俩在厅堂屋顶上度过的一个又一个阳光灿烂的下午。操场是靠近火车站的旧校场，位于伯克汉姆思黛德城堡过去一些的地方。战争发生后，校场被人称“基切纳陆军”[①]的队伍所接收，从此就叫基切纳大操场，直至今日。（我那位有钱的堂叔出面拯救学校，给管事的大人先生们贷了不少钱，才在山顶买下这片好得多的土地。我姐姐的哈巴狗也正是在那儿给碾死的。）

叫我恨得咬牙的课只有一门，那是在健身房里上的我最不擅长的体操课。我这一生有个出自本能的信念：自己没有才能去做好的事，最好放弃，比如说网球、高尔夫、跳舞、航行。所有这些我都放弃了。至于写作，我之所以还在坚持，也许只是因为实在没有别的出路，就好比一个人的婚姻并不美满却还将就着过，只是由于他怕孤独。我特别讨厌跳高和爬绳。那些日子的苦楚，如同我在作品《喜剧演员》里写到的角色琼斯所经受。我因为是平脚，所以得用鞋垫，还要健身房管事阿姨替我按摩。按摩有时候弄得我有些肉痒，有时候脚底又给弄痛，但总体上说，这治疗我还是喜欢的，也许因为治疗师是

① Kitchener's Army，系由英国国防大臣 Horatio Kitchener 提议成立的志愿新军。

个女人。我那时肯定不过十到十二岁光景，是1914年的战争把男管事们征召入伍，这才来了几位女性替代。

对1914年8月的记忆掺和着堂伯在哈斯暾的大宅。屋前草坪有堵高墙。要看到墙外发生的事，惟有爬过老树盘根错节的根子，沿青藤缠绕、蜘蛛成堆的树身而上。开战最初几天，墙外过路的军队络绎不绝，常在村子的草地上休息。一次，我拎了一篮苹果，被派去劳军。又有一天，赫伯特骑了自行车，带上晚报从剑桥赶来，通报纳慕尔沦陷的消息。兄弟们和我对这座比利时城市这么快就陷落可高兴了，因为旷日持久的保卫战似乎曾预示大战很快就会结束。只要还在打仗，我们总有一天会介入的，那样，韩提笔下的一切才会显得更接近一些。也许会发生威廉 · 鲁鸠纪实小说里写到的入侵，那么，我相信，伯克汉姆思黛德公地就将是一名小小狙击手施展身手的理想地点。实际上，伯克汉姆思黛德已有戏剧性的事件发生。一个德国籍的教师被人告到我父亲那儿，说他是间谍，因为曾见此人连帽子也不戴在一座铁路桥下，行状可疑。一条达克匈种的德国猎犬在通衢大街被人扔石块攻击。爱丕叔叔有天夜里被召到警察局，警察商借他的汽车，说是要去协助封堵大北公路，据说正有一辆德国装甲车沿那公路直扑伦敦而去。伦敦四律舍军官训练团的一名上校也在场。“五百条来复枪，”此人说，“却没有一发实弹。”叔叔怀疑此话有诈，但还是把车借给他们了。

可是对我们而言，战争还是结束得太早了。只有赫伯特晋升荣誉炮兵连的上等兵，算是稍稍沾了点边。他始终不曾到过法国，回家来时连那一条杠也没了。过了好久，我才知道他被惩处的原因——一个值得同情的原因。他当时看管一名关在伦敦塔等待处决的间谍(他还把间谍的签名加进自己的签名汇编中)，一次空袭时，他放那囚犯出了监房，一起观赏好戏。除去这些，我家受到密切影响的有两次——“圣乔治”的死和我家新来的保姆未婚夫的遭遇：“失踪，据信已战死”。保姆是个矮墩墩的青年女子，名叫奥莉芙·道奇，脸长得还算可爱，像只一分钱的圆面包，眼睛像两颗葡萄干(战时有这些东西吃，夫复何求?)。大家都为她伤心，因为父母亲说了，那未婚夫基本上无望生还。可是保姆本人并未绝望。一天，奇迹果真发生——在伦敦一家医院里发现了患上炮弹休克症的此人。他已不认识未婚妻，泣尽心摧，万念俱空。然而未婚妻始终不言放弃，终于，有一天，她骄傲地向全童室的人介绍了未婚夫。那是一个皮肤黝黑的高个子，唇上蓄一撇小髭，几乎一言不发。两人后来结婚，从此在艾克顿过着——我这样希望——幸福的日子。

那年的某一时候，我放弃了跳高、爬绳和双杠，全班集合的时候，我就谎称生病。我常独自步行到公地，躲在开满黄花的荆豆丛中待着，直到放学。一次，平躺在路边的蕨丛里，我看见园丁查奇驾着家里的驴车经过。多年之后，我对父母说起这件事，两人都说不可能，园丁跑到离开洗衣作和镇子那么远的地方去干什么。可谁知道老驴米兰达怎么想的?也许阳光明媚的六月天，它想自己寻点乐子。这种感觉真好：驴子跑过，我安安稳稳藏身在矮树丛中，虽说谁也不来追捕我。《诱拐》一书里的艾棱·贝克和戴维·巴尔弗两人穿过石楠秘密长途逃亡，对我而言，就发生在伯克汉姆思黛德公地；两人的故事几乎已成我个人的冒险，也许因为母亲是皮尔里格地方巴尔弗一家的亲戚，更是作家斯蒂文森本人的表妹。

我不记得这样阵发性的逃避持续了多久，反正后来(我猜在我十一岁那年)发展到了安排更为周密、延时更久的旷课逃学。此时，我已与年龄长我的家人一起，在餐厅共进早餐，再不跟五岁的休伊和婴孩伊丽莎白，在童室做伴。早餐结束，我收拾起课本，做出准备去祈祷的样子。

我得说明一下，每天课业开始之前的祈祷仪式，实际上是很世俗的那一种——教师都坐台上，男童在下。仪式在一个叫做院长堂的屋子里举行，所谓院长堂，是根据16世纪伯克汉姆思黛德学校创始人因森特院长命名的。不过还因为另一位院长——上文撇号的位置是重要的[①]——弗赖博士，父亲的前任，一个邪恶的虐待狂，也是我家的姻亲，此人成了林肯院长。

这人像个摩门教徒，绑了一副黑色吊袜带，胸飘圣彼得式长髯。他有时会来待上几天。他一来，早餐后母亲可有事情做了，得把餐厅外过道里的佣人和孩子统统遣走，这样，院长大人如厕以及事毕走出

---

① 原文作 Deans' 而非 Dean's。

卫生间，就没人注意他了。当校长那会，他动辄以板子打人而臭名昭著，并因此把一位伯克汉姆思黛德故人变成了自己的世仇，那就是后来我在牛津的指导教师坎讷茨·贝尔[①]。当年，贝尔的帽子被一个专门欺负同学的家伙拽了去，弗赖见他不戴帽子在街上行走，便将贝尔打了一顿。弗赖当上林肯院长以后，为了修复林肯大教堂，定期去美国筹钱，在那儿居然成了颇受欢迎的教师。最后一次，他是乘坐基犹那德邮轮的头等舱回来的。这一回，气数尽了，他那一以贯之的荒唐人品尽显无遗。上船前，他已中风，不大会说话了。餐桌上的邻座听他问那位当美登赫德教区牧师的儿子查磊，要了某样人人都说不出口的东西，而其实他要的只不过是一只嫩一点的水煮蛋。那位查磊多少年来苦苦追求美人儿诺诺姨妈而不得，其实比他父亲讨人喜欢多了。查磊这人长得圆滚滚的，活像一只黑色的网球。为了讨好大家，他会把两张椅子拼拢，一蹦而过——注意，不是跳。“蹦一个看看，查磊表叔，给我们表演一个，”我们常这样起哄，姨妈则是一脸难以置信的鄙夷表情，作壁上观。她不可能尊重一个活蹦乱跳的小丑。

说是去院长堂，其实我是候在花园里，直到我知道全校已经集合完毕，这样就再碰不到同学和老师了。然后，我就沿通衢大街走去，目的是从这儿的 W · H · 史密斯书店，偷点什么可读的东西。今天只记得自己偷过两次书，不过肯定还有记不起来的。一次偷了册《铁

① 指 Kenneth Norman Bell，详见第六章 · 1。

道杂志》；另一次，上文说过，偷的是斯坦利·威曼的《五莱的女修道院院长》。那是本六便士的双栏纸面书。阅读材料弄到手之后，我就回家。这事儿比偷书更为玄乎，因为我得走过餐厅的窗子，而侍女还在那里边忙着拾掇。好在当年个子还不高，一猫腰经过，谁也看不见。危险对付过去之后，我就揣着个心眼往槌球场草坪而去，走过密蒙花丛和纷飞的蝴蝶，把活动小屋扳了过去，使它面朝花圃和疗养室的墙壁。我就在这儿的一张帆布椅中，舒舒服服坐下读偷来的书，直到放午学时分。到了下午，我再继续，只是省去通衢大街偷书这一情节。我毫无顾忌地旷课逃学，直到学期最后一天。当时管我所在年级的，一位叫戴维斯先生，一位是我父亲。学期最后一天，父亲正草草巡视教室，不料戴维斯突然问他，我的病情怎么样了。父亲听了肯定傻眼，没听说家里有谁病了呀。他于是立刻回家，找到了我藏身的角落……不，我想他是派母亲来找着我的。(可能同时派出多人四处寻找。)接着是勒令我上床，换上睡衣后，父亲就来了，打了我一顿。

这是我记得的唯一一次挨打，可我在学校里编出不少虚构的故事，说自己怎么惨遭毒打——校长的儿子是鲜有这种待遇的。一次课间休息，在四合庭院，我的诉苦刚及一半，突然开始像橄榄球开球时那样的一阵大乱。这是一种奇特的盲目从众的推动力，过一段时间就要激动一次初阶生。谣言初起往往都说要放半天假了(这类事在战时频有先例，譬如说哪位校友得了“杰出军功章”或“军功十字勋章”；要是有人得了“维多利亚十字勋章”，那是要整天放假的，可惜这只发生过两次。）谣言尽管屡屡证明不实，可是初阶学生听了总是要在课间麇集平台，挤得水泄不通，直到父亲出现驱散。偶尔，谣言成真，这时大家都相信，这半天假期可能果真是我们大轰大嗡的结果呢。

童年时代，魔法和赌咒大行其道。在手网球的球场[①]边上，有个小卖部，由于战时物资匮乏，只对高阶学生开放。我这个初阶生就站在小卖部门口，对着每个出来的学长，念着大家都懂的乞讨语："赏我一点吧。"偶尔有人会扯下一点面包屑给我。小卖部最受欢迎的食品是一便士一个的葡萄干小圆面包，里边还有巧克力夹心，不过少得可怜的赏赐中，难得有人给我巧克力。战争时期，我看大家都多少挨饿。没有土豆，糖极少，代用品——大米和蜜糖——吃得大家倒足胃口。妹妹伊丽莎白那时两岁光景，在童室进餐时要不是我哄着她，简直什么都不吃。我给她喂上一匙，就说个战时领导人的名字，尽管我想不出这些名字对小家伙有任何意义。"霞飞将军，"我说着把一团难吃得要命的羊脂塞进她嘴里。"这个嘛是弗伦奇将军……兴登堡……艾伦比。"

懵然无知的阴云仍有隙罅透出令人快乐的光芒。父母再忙，在一个六个孩子的家庭，你不会觉得孤单，更何况还有保姆、侍女、园丁、一个胖乎乎又乐呵呵的厨子、一个受大家喜欢的女仆领班和她手

① 原文 fives-court，英国学校一般都仿伊顿，设于教堂旁边的三合院。

下一大帮辅助家务的女佣；还有更多都姓格林的姑姑婶婶和叔伯舅父。正是这个姓氏把大家拉近，而每逢圣诞节，总有那位上了年纪的单身汉朋友[①]，任何一次大型的家族聚会上他都在场，招来父母亲暗中奚落几句，又在私底下招孩子们讨厌。六个孩子的生日、圣诞游戏、复活节、海滨避暑：一切都像行星运动，按时来去，不受战争影响。惟有在前面的阴云中，我看不到一丝光亮。但是，我觉得，在我年满十三岁之前，任何事情，即使是颇带浪漫意味的死亡，都有可能发生，把我救赎出去。

① 疑为作者自嘲，“上了年纪”云云，自然是夸张。

第三章

1

过了十三岁，事情竟比我的预料更加糟糕。我躺在圣约翰堂宿舍的床上，听着啪啪的脚步声沿石级而下，都去上早课，吃早餐了。一切复归安静之后，我开始用一把小折刀割右腿。可是刀子太钝，自己的神经又不够坚强，下不了狠手。

我回到幼儿时代的老宅，可是环境已经变了。大路对面的花园，也就是英吉利海峡那一边的法兰西，如今不让我进了。装饰俗艳的客厅，也不容我踏进半步。可那儿曾是母亲给我们读故事的地方，我还为鸟儿飞来埋葬孩子而哭泣。那时，我甚至不知道，同一座房子里居然还有这么阴森可怕的房间，譬如说我如今寄宿的地方。就连进屋也不再经过从前那扇门，而是一扇边门，像是专供下人进出的，尽管没有哪个仆人能够忍受我们宿舍这种阴惨惨的破败环境。①教室里的课桌沾满墨水渍，虫蛀痕迹明显。房间只生一只生铁火炉，供暖不足，弥漫一股汗水和陈腐衣物的气味，简直像一间更衣室。经过一代又一代人践踏磨损的石筑阶梯，通往宿舍。宿舍由北美脂松的薄板分隔，住在里边难保个人私密。夜间，没有一刻可以不受噪声影响：咳嗽、打鼾、放屁，声声入耳。多年以后，我读到乔伊斯《一个艺术家肖像》中关于地狱的那段文字时，我方始认出自己所在之处正是这么个地方。我远离文明，进入一个蛮荒天地，这儿的风俗习惯诡异陌生，又充斥着无法解释的残暴行为；在这儿，我是个外来者，一举一动招人物议；一定程度上，从字面意义上说，就是一个被人追捕的对象，而且混迹于有问题的人物中间，因此而出名。我父亲不是校长吗？可我更像一个挪威的奎斯林式人物的儿子，某个叛国内奸之后。兄长雷蒙德是学校的纪律监督生，又是本堂堂主——换言之，当然是我这内奸的同伙之一。我呢，已落入抵抗运动力量的重重包围。要不背叛父亲和兄长，我是不能加入抵抗运动的。一个堂亲班恩，格林家族富人中的一位，是初阶部的纪律监督生，并无我这样的顾虑，反在暗中生事反对我兄长，结果大得人心。所以，此人后来在第二次对德战争中，根据1939年的国防治安规定18b条，既无逮捕证又无理由地被投入监狱时，我并不大表同情。不公催生不公嘛。

儿童残忍起来也是不得了的，幸好还没人对我施行身体刑罚。要是我有什么运动特长，也许抵抗运动还会默默地接纳我，可我对英式橄榄球的厌恶几乎不亚于对板球——六岁那年喜欢过板球，那是作为一种游戏。我喜欢“带球跑”，因为可以美滋滋享受野外个体独自行

---

① 原注：记忆时常夸大失真，不过当我在十二年前，为写一部关于学校的小说而旧地重游时，我发现宿舍一点没变。那部小说我放弃了，因为我无法容忍自己在脑海中，再在那种环境里住上几年。刚果的麻风病村要比这儿强，于是我就去了庸大，寻找一个病愈的例子。（《一个自行发完病毒的病例》系作者一作品名。——译注）

动之乐，而在生命的那一阶段，我热爱乡村。一个人带球跑开，算是我自然避开人群的途径。在伯克汉姆思黛德辽阔的公地，上面留着伦敦四律舍军官训练团弃用的纵横壕沟，在石楠和荆豆丛中，而更远一点，在埃希律奇猎场的山毛榉林中，我可把自己的孤身奔逃，编成自导自演的剧本，感到自己成了约翰·巴肯笔下潜越苏格兰沼泽地的英雄，背后遭到众人追杀。

我变得逃避有术。旷课成了家常便饭。为逃避板球的防守练习，我杜撰了放学之后数学额外辅导的借口，甚至还胡乱说了个教师的名字。奇怪的是，这套谎言居然没人去调查核实。我就乘着同学换衣之际，在衣袋里藏一本书，溜出圣约翰堂，上山几步，拐进小道，一个分岔，进入乡野。这条小道是我所知最为阒寂无人的小路之一，连谈恋爱的男女也不来此，或许是因为路面太狭，容不下两人并排前行。一边是块已耕的田地；另一边是条带茂密山楂树篱的沟渠，树篱中央有口子凹入，正好让我避开尘嚣坐着读书。什么书？今天已记不确切了。热衷于韩提的日子业已过去——我的身体拖着我的头脑往其他方向而去。记得在路易斯·莫里斯爵士的《冥府史诗》中，我发现超常的美和激情，也许我读的是特洛伊的海伦如下的诗句：

是爱情吗

吸引我到珀瑞斯身边？这么个美男子，
我告诉你，比夏日的早晨更美，

美得堪与世间玉女相比，可一操起兵器
顿变英雄。他从未开启我的心扉。
不是他勾引我，而是对自由的饥渴，
如果我犯错误不只限于思想
我虽心甘情愿，却绝非痴迷。至于我的孩子，
生下来就不爱父亲，对我也无依恋。
海上风紧召唤，大木舰一头沉没，我
逃离囚禁，也躲避违心痛苦，
不能再任人亲昵抚摸，风啊
吹得好顺，航行只三天，
波涛之上已遥见伊利列姆塔楼之巅，
岂不令我心花怒放。

今日再读，这样的诗句活像拙劣的模仿，可是它们保存了我藏身处的秘密氤氲。

一个人爱上文学总是经由曲折的途径。我当年时常带上斯蒂芬·菲利普斯的诗剧《保罗和弗兰切斯卡》去藏身偷读，就如同今日里另一个逃学生会带上克里斯托弗·弗赖的诗剧一样。在那部平庸的剧本里，好些句子疙疙瘩瘩地难以算诗，什么“受伤国王最后的黄昏呼喊”、“贫瘠大海没有子嗣的洞中呼喊”等等，可是躲在山楂树篱中的我根本不去挑剔。

被人发现的危险使偷读时光带上一种特别的刺激，简直无异于一时的幸福。气味对我的激发作用，远远大于声音，甚至景象。虽然自己并不意识到，我对地板蜡或洗洁精确实十分敏感。哪一天，我推开门，要是闻不到这两种气味，肯定会若有所失，而家也就不成其为家了。就这样，年过花甲，我似乎更能确定无疑地嗅出藏身地树叶和青草的味道，而不一定听见路上危险的脚步声，或者看到在自己眼睛齐平处，有农夫的靴子行过。记得 1944 年某次，我怀着负疚感在伯克汉姆思黛德安安稳稳躲了一夜的飞弹，还跟弟弟休伊一起观看熊熊大火。睡在天鹅客栈，我梦见通衢大街上的 W · H · 史密斯书店，就是好多年前我偷过《铁道杂志》的那一家，而且嗅到其他我去过的连锁店里没有、惟这家独有的气味。梦中，我在店里特定的一个书架上找到一本寻觅许久而不得的书。于是，次日一起身，顾不得吃早餐，就到书店去求证梦的真谬。大失所望，没有那书，可踏进书店我顿时注意到，那熟悉的气味没了，缺了这个，书店原有的精髓不再。我问起记忆中依然鲜活的经理：原来一年前过世了。不管那气味源出什么，新人弃旧办新事，曾经久久萦绕的记忆就此失落。

星期天，学生外出散步，三人一组，轮流着去。轮到的人，名字填入表格，张榜于更衣室门上，犹如舞剧的节目单。如此安排，必有什么德育方面的用意，只是至今揣摩不出。我只记得巴蒂斯塔时代的哈瓦那有家妓院，那儿曾有三个舞娘熟练地表演《皇帝之冠》。三人成伴的危险性必定不小于两人，要不，决策当局不信人间有善，只知三人行，必有一人会做密探？

上学第一年的舍监名叫赫伯特先生，银发，单身。一个凶巴巴的妹妹照顾他，远比照顾学生周到。我本来已经给搞得莫衷一是，说不清楚该孝敬何人，知道赫伯特先生与我的出世有某种神秘的关系，并与贝尔格拉韦路11号那位令人肃然起敬、患痛风、餐具柜里藏了个夜壶的赖特上校一起，照看我的精神福祉，我更是稀里糊涂了。赫伯特先生当然不是愤世嫉俗那一类人。这位单身汉像一只天真无邪的小白兔，完全受制于黑皮肤妹妹康斯坦丝。他对鸟类一定有种狂热的爱好，因为后来成了瞎眼退休的政治家福勒顿的格雷勋爵的私人秘书。我对此人的唯一记忆是，第一学期的第一个夜晚，他坐在圣约翰堂的一张书桌前，学童们依次把自己从家里带来的书本呈上请他过目，禁读或准读由他裁定。危险来自源头——家，那儿住着不可靠又非独身主义的父母。学校图书馆里的任何书籍都是可以接受的——即使是路易斯 · 莫里斯爵士那样撩拨人心的素体诗也无妨，而我后来正是从这位爵士处读到海伦和克里奥帕特拉的肉体性爱的。

检禁制度总有随心所欲的方法，任意性之强实非你我可料。后来，1950年代，红衣主教格里芬把我传到西敏寺，并对我说，我那部十年前出版的小说《权力与荣耀》已受教廷神圣裁判所谴责，裁判所那边的意大利籍皮萨多红衣主教要求我作出修改。我自然——但愿态度仍未失礼数——拒绝修改。格里芬红衣主教说，他倒宁可裁判所谴责《艳遇之末》那一部。“当然，”他说，“你我这样的人可以免受色情段落的毒害，可是年轻人……”我告诉他，而且基本上全是真话，尽管我已摆脱路易斯·莫里斯爵士的邪恶影响，鄙人最初的情色经历之一，乃是《大卫·考坡菲》启蒙所致。谈话至此，进行不下去了，突然打住。作为临别一击，他给了我一封牧首公函，那是在他管辖区内各教堂宣读的，曲里拐弯地谴责了我。（我不走运，想起请他签名，为时已晚。）后来，教皇保罗对我说，他读过的我的作品中就有《权力与荣耀》，我回答说，正是这本书先前曾遭神圣裁判所谴责。教皇的态度比皮萨多红衣主教宽容。“你所有的作品中总有部分内容，”教皇说，“会冒犯一些天主教徒。不必为此上心。”如此忠言，易于接受。

校规，就像罗马教廷的戒律一样，不管授意制定的元首在位多么短暂，决非朝夕可变。对于家里带来的书实行检禁这一条（曾经严格执行，不过就像海关在你出入边境时的检查——若是家里寄包裹来就免检了），到了赫伯特先生一退休，也便寿终正寝，但是此人治下的不少其他规定还是遗留下来了，譬如厕所不上锁，弄得早晨急于出恭的人必须大叫“完事了”以确认马桶隔间里无人。再有星期天散步的规定，以确保不管在什么情况下，无人会冒险独自出行。

但我不是抵抗运动的一员，而是奎斯林式的国贼之子。学生成立小组，都不愿要我，我得求着他们把我的名字加进去。这样的罪我受了一两个学期，直到父母最后允许我在星期天下午回家。对于这样的调剂，神经付出的代价委实不菲——就像刚回家过上正常人的生活，突然发生某种性交中断。因为时届薄暮，我得回到同学中间去，排队去学校教堂，过后攀山到圣约翰堂，最后踏过石阶回宿舍过夜——此时此刻我记起，正是在这宿舍里，我也真够窝囊的，没来回多扎几刀把自己的膝盖割开。

儿童受罪会积少成多，因为儿童爬行在坑道里看不见尽头。一个学期的十三周完全可以说是漫长的十三年。从无意料之外的事发生。煎熬是生活的常规。我想一个被判长年重刑的人多少都有同感。我记不得在寄宿学校日复一日的常规中，何种特别的细节导致我这第一次的反叛行为——孤独、效忠之争、持续的污秽、不上锁的厕所门、人体排气的恶臭（从性关系的角度说，学校宿舍还是挺干净的，没有一点同性之间不规矩的迹象；说到排泄，那是另一码事，从那年纪起，我就不喜欢别人拿厕所开玩笑）。要不，恰逢当时发生了在我看来是严重出卖的一件事？至少，这件事将有个圆满的结局，虽说为此要等上许多年。

2

圣约翰堂时期，Q 先生[①]的小说《弗-法莱尔》，自己准已读过三四遍之多。这是一个关于复仇的富于戏剧性的故事，而我尤其希望自

① 自然是指 Sir Arthur Thomas Quiller-Couch，单个 Q 字母是作家本人常用的笔名。

已有机会来一次戏剧性的报复。[①]如未记错，故事里有个政治煽动家撺掇群众去捣毁一名伟大的外科医师的实验室，因为据信医师在那儿从事活体解剖。从那一刻起，外科医师弗(还是法莱尔?)满世界追踪法莱尔(还是弗?)，多年以来，目的只有一个：复仇——虽说听上去有些牵强，我记得有一回他在太平洋一艘敞篷船上独面仇人。追踪成为持久的刑罚之后，故事演进，两个角色竟互换位置。被追踪的那位开始变得高贵，追踪者反而沾染了仇人先前的俗尘。故事的道德说教意味很重，可是对这种道德，我不感兴趣。我只求直截了当的报复。

学校里有个名叫卡特的学生。在我十四五岁那年，此人看出我在校内的窘境，依此弄出一套天衣无缝的心理刑罚法。卡特的想象力是成人化的，可以一眼看穿效忠矛盾：一方面想效忠于同年龄的学生，一方面又要效忠父亲和哥哥。嘲讽的绰号像一根根嵌进指甲的尖刺。

我想假以时日，我也许知道如何对付卡特——虽说不愿，我敢说，两人对于对方不无钦佩。我钦佩此人的冷漠无情，而他也以一种有悖常理的方式，欣赏自己在我身上造成的伤害。施害和受害双方于是形成某种关系。只要刑罚犹在继续，施刑一方发现目的未遂，他会认识到自己与受害者实无优劣之分。后来那些年，我从未认真考虑过

① Q先生名言为“The best kind of revenge is not to become like him”。

对卡特复仇。不过沃琛就不一样了。

沃琛原是我为数寥寥的朋友之一，后来嫌弃我，转投卡特去了。他可没有卡特那样的分寸感——卡特老是以友谊这块抢去的糖做诱饵来引诱我，同时还让我感到，这刑罚到了一定程度，在某个时候，总要结束。沃琛只会狐假虎威地学样，一点没有想象力。单凭他自己，根本没有伤害我的力量。可我发誓，一定要报复沃琛，因为他背信弃义，我的孤立简直成了全方位的。

离校多年以后，每当想起那段时光，我发现报仇的欲望，就像压在石块底下的小虫子，依旧不死。唯一的变化在于现在越来越少去翻开那块石头了。我开始写作，往日往事不再痛彻心肺，因为我把这些都写出来了，一吐为快。可是每隔几年，一种气味、一段墙壁、架子上的一本书、报纸上的一个名字，常提醒我去翻起石块，看那小虫朝着亮光抬起头来。

1951 年 12 月，我在吉隆坡的冷藏公司买威士忌，准备去马六甲过圣诞。此前三天，我跟随第 2/7 廓尔喀来复枪营在马来西亚的彭亨州作丛林巡逻，搜索共产党游击队。这时我对马来亚已极度腻烦。一个声音说：“你是格林，不是吗?”

一个长了一张狐狸脸、蓄了一撇小髭的男子站在我肘边。

我说：“是的，恐怕……”

“我叫沃琛。”

“沃琛?”上一次翻石块以来，肯定已经过了好久，因为起初我对这名字，跟那人升了火的殖民佬面孔[①]一样，全无反应。

“我们是同学呢，不记得啦？我俩总跟一个叫卡特的人混在一起。咱们三个。这不，你老在拉丁文预习课上帮助我和卡特。”

有一阵子，那时我还常做白日梦，我曾遐想有朝一日在鸡尾酒会上碰到沃琛，自己该如何当众羞辱他。还有什么比圣诞时节吉隆坡的冷藏公司更为“当众”？然而我搜索枯肠，能够说出口的惟有：“我不认为自己拉丁文有多好。”

“不管怎么说，比我们强。”

我说：“你现在做什么营生?”

“海关和税收。你打马球吗?”

“不。”

“那就找个晚上过来看我打。”

“我这就去马六甲。”

“等你回来。好好说说往事。咱们当年可是分不开的——你，我还有老卡特。”显然，他的记忆与我完全不同。

“卡特怎么样了?”

“他做过电缆生意，死了。”

“等我从马六甲回来……”我说着便若有所思地走了出去。

真正是大煞风景的会面。回酒店的途中，我一路遐想，若非因为

① 原文 colonial face，指穿戴与当地人无异，脸庞却泄露人种秘密。

沃琛和老卡特，我是不是会已经写出部书来，那些年所受的屈辱难道不会激起一种强烈的愿望，证明自己尚有某些长处，不管付出多久的努力。这是感谢沃琛的理由吗？还是恰恰相反？我记起自己的另一宏愿——要到被称之为黎凡特的地中海东部地区当名领事，甚至连口头面试也通过了。若不是因为沃琛……漫无边际地想着，我觉得沃琛终于溜出了我的头脑，而从马六甲回来后，我把他彻底忘了。

直到好几个月以后，我离开马来亚——我想自己再也不会回来——这时才想到不曾给他打电话，从未去看他打马球，也未重温不可分割的三人的往事。也许，无意识中，这就是我的报复——不费吹灰之力就把他忘了。我又一次翻开石块，那下面什么也没有。

3

最后的脚步声早已远去，我把小刀扔了。要是刀子不那么钝，或者我的神经不那样脆弱，不知道我当时该如何解释割膝究竟何为。不过，也许是无意识的，对我而言，全部意义就在于此举完全无法解释，就像想自杀的人服下过量的安眠药，非得有外人立即处置不可。成功的自杀常常只是求救的呼喊，不过呼喊声没被及时听到罢了。

隔了许久，女管事前来检查宿舍，发现我躺在床上。我编造了理由——眩晕，头痛——她马上信了。这是位年轻妇女——虽然对我来说，那一刻的她似乎代表了固结在不变中年的家中所有大人——安详又友好。温度计可望揭露我在装病。可她不这么看。她知道孩子有时会发生心理问题，所以便叫我卧床到午饭之后，然后到她屋里去进午茶。女管事就这样把我终于反叛的事实给拖延了一年多的时间。仁慈，天哪！往往就是假的，使当事人稍稍多承受几天那种几乎无法忍受的处境。

那天，大雨倾盆，让我赖在床上，避免了每周一次的军官训练团[①]出操。我讨厌那制服和绑腿布，要把双腿绑得牢实熨帖，怎么也学不会；我还怕出操时老是笨手笨脚地安不上刺刀；四人一排行进时，在沃琛和卡特嘲弄的目光下，一个人或前或后地落单。操练是极为严肃的事情，因为帕斯尚尔和加利波利战役结束还没多久。学校教堂外面，公布着阵亡校友的名单，纪念姓名牌已成双排，无不提醒着大家时局的危艰。伊顿公学的军官训练团来跟我们会合操练时，多数人都大吃一惊。看他们穿着灰色制服，而不是神圣的土黄色卡其装，嘻嘻哈哈，纪律松弛，在我们过分严肃的目光里，简直就是亵渎死者。[②]

山洪暴发，排水道泛滥，这会儿，我害怕的洪水来了，决堤毁坝，水库倒灌（所有这些我曾在瑞德 · 哈葛德的《里斯佩斯》中读到

---

① 原文 O. T. C.，疑为 Officer Training Corps 之缩略。

② 原注：军官训练团把对于制服的永久性厌恶植入我心。1942 年，当局一度要我穿上海军制服。我即指出，为保障秘密使命不致泄露，就非挂海军中校军衔不可。当局随即提议空军。我回答说，那样，我就得挂空军上校衔。当局只好让步，并提议我可自称是特别支局刑事调查科的探员，身穿制服的危险从此解除。

过），不过即使淹死，比之卑劣可憎的学校常规，不失是个好下场。女管事的仁慈在那样的环境中因稀缺而弥足珍贵。惟其稀缺，她和另一个好心人相互吸引：学校的助理主管、我们以绰号狄寇相称的戴尔先生，娶了那位女管事。

当年，狄寇还算年轻（当然，对我来说，已是中年），秃头上架了副金丝边眼镜，说话拖长声音，以致有时会稍稍口吃。你可以说，此人交际有点困难，但是对于愿意倾听的人，也许除去我父亲，他比其他老师更能交流。奇怪的是，对于执行纪律，他毫不手软，虽说鲜有明显迹象表示，他像某几位乐呵呵、沾了泥斑的教职工那么受学生欢迎。他身穿过于宽大的短裤，嘴里含只哨子，围着开球争抢的扎堆学生打来回，没人学他拖长声音说话，绰号也不含恶意，最损他的玩笑也不过是“跳蚤往哪里跑？上山去，下谷底。”[①]而希尔（Hill），一位网球好手，长他几岁，恰恰是戴尔在学校里最好的朋友。后来，两人退休，合作在一份周日报纸上开了个学术难词填字栏，用的名字是陶克玛达[②]。戴尔的仁慈一定部分剥离到了希尔身上，因为我记得他曾请我去喝茶，两小时的凤尾鱼吐司和茶点的招待，加上成人式的谈天说地，把一周的痛苦抵消了，并再次推迟终极崩溃。说不定还能无限推迟呢，要是那段时间，我能时常以戴尔在最令人绝望的境况下，依然拖长声音常说的警句来自我安慰：“全是生活里的经历罢了。”

① 原文 Up Hill and Down Dale，后一词系此人名字。

② 原文 Torquemada，乃英国填字游戏设计人 Edward Powys Mathers 之笔名。

记得我就是念叨着这句话给自己打气的。那是1941年的4月。我满怀恐惧，跌跌撞撞跟着民防队长，沿大火燃烧的高沃街走去。队长是个上了年纪的犹太人，身披闪出水光的黑色雨衣，威严而坚强，像个移动中的彩晶雕塑，反射着火舌和火球的烈焰。这是我见过的最勇敢的男子汉之一，却又完全不曾意识到自己的英武行为。

4

我估计就是生活中这种没完没了的折磨，最后终于把我压垮。一个学期共十三周，内有两个被称之为“半假日”，到了夏天增加到三个。每隔七天，星期日总是如期而至，就像拉撒路带着他的神水一样。圣徒日并不改变每周的日程，军官训练团的操练每周一次。

割腿不成，我试过其他的逃避方法。一次，上课之日的晚上，我走进内衣衣柜旁的暗室，借着鬼火一般的红光，大口喝下硫代硫酸钠定影液，误以为这东西肯定有毒。另一次，我把整整一蓝色玻璃瓶的花粉热药水喝了个精光，因为药里有少量可卡因，对我的抑郁也许有治疗作用。一把在公地采摘并吃下肚去的致命颠茄果，结果只是稍有麻痹作用。又有一次，某个假日行将结束之时，我一口气吞下二十片阿司匹林，然后跳进学校空无一人的浴池游泳。（我仍记得那种像是穿过棉花游泳的感觉。）

那种生活，我忍受了大约八个学期——一百零四个礼拜的单调、羞辱和精神痛苦。说来惊人，一个孩子还是挺坚强的，当然我有逃学的调剂，那些安安静静藏身树篱的时光。最后决定的时刻终于来到。暑假最后一天的早晨，在校舍餐厅吃过早餐，我急奔自由而去。我写了张条子，把它放在黑色橡木餐具柜上，用威士忌玻璃酒瓶架压住。条子上说，我不回圣约翰堂了，而是要去公地躲藏起来，直到父母同意我可以不再回到我的监舍。那年秋天气候很好，有足够的黑莓可以保我不会挨饿。我又庆幸，自己熟悉每一条隐秘的藏身沟渠。这次必将是一个奎斯林式的人物向抵抗的游击队求和来了。我考虑不周的是，父母会如何把他们投降的消息传送过来。

从城堡废墟向公地起处的山坡，我沿一条两面长满西班牙栗树的长路朝高处走去，终于从紧张不安和举棋不定中解放出来，心头涌起绝妙的感觉。我必得疾走，因为这儿是开阔的大路，我依然可能遭到拦截，跟时间赛跑使兴奋不减反增，在这金秋的早晨，运河那边有轻雾飘起，拂过铁路高架桥和城堡草丛旁边的一排排水生荸荠。过后，我安全抵达公地，来到金雀花和欧洲蕨丛中，这是我最中意的战场。

我在衣袋里带来一本书，可这会儿太激动，无法专心阅读。我要规划战斗的全程。寻人的队伍可操两条路线，其一是我方才来时的路，其二是经由基切纳陆军校场，从侧翼进入公地。有一个极佳的瞭望点，一座废弃的靶垛，站在那里，四周一百码之内如果有人，我都能看见。不过，这样一站，我自己也暴露了。我可不愿这场反叛弄到最后成了丢尽面子的追捕。我得看得到别人而不让别人看见，一个掌控全面动态的斥候。于是我就在公地边沿的矮树丛里，不停地移动，准备敌人来犯时赶快撤进林莽深处而不被发现，就像韩提笔下的法国狙击兵，或是被红外套追赶的《诱拐》中的戴维·巴尔弗，或是约翰·巴肯塑造的汉内。

时间还早，入侵不可能接踵跟来。早餐既毕，母亲忙着厨下、童室和内衣衣柜的各种杂事；父亲把自己关在书房里玩“计谋”，那是他自己发明的一种玩法复杂的游戏，用块大木板，把五颜六色的卡片插入狭槽。这游戏可神啦，能确保父亲给教师排课不会发生冲突，譬如说教四年级乙班的拉丁作文，同时又教五年级甲班的英国文学。对来访的外校校长，他不无自豪地介绍过“计谋”。我看父亲把张浅红色卡片移入一个空档，或者用“空课”白卡解决一个排课难题，其乐趣不亚于动一枚“王后”棋子将死对方，或突然出“车”挫败敌方的攻势。他一在排课板前坐定，就是半个小时，一动也不动，聚精会神就像罗丹的思想者。他俯身玩这重要游戏时，肯定没人敢拿着我那打乱平静的留条去干扰他。

我估计至少要过两个小时。真想知道家里人是怎么商量的，建议采取何种策略，最后做出什么决定。现在再揣摩这些为时已晚。所有的当事人，除去我，都已不存在了——父亲、母亲、姐姐，甚至还有那位业已全部知情的女仆总管。我可以想象家里尽管采取了预防措施，消息还是飞快传开：上楼传到童室，经过甬道，传到厨房区。那些小侍女和帮厨下手肯定窃窃私语不止，园丁说不定正靠着厨房的窗子，打探最新动态。家里炸开锅的同时，我却无事可干，惟有在一簇簇矮树丛我的战场上游走转移。我的决心丝毫不曾动摇。我已经宣布追求自由。剩下的烂摊子，让别人去收拾吧。我非常快乐，此后的任何时候——即便后来在同一片公地上玩过俄罗斯轮盘赌——再没像此刻那样痛感自己逃脱的是多少年绝望的痛苦。

是时候了，该注意一下暴露的侧翼——一条在基切纳陆军校场上方的陡峭泥路，两边有橡树和山毛榉簇拥。我冒失地离开矮树丛的掩护，钻了出来，开始往下走，谁知，一个转弯，竟与茅丽姐姐面对面撞个正着。当然，我可以跑掉，但那与我的抗议行动的尊严不符，所以只好不吱一声地跟她回家。是战术上犯了错误，从战略上说毕竟还是胜利。我已经改变了自己的生活；全部未来，一锤定音，再不会这个样子了。

现在虽然不愿承认，当时可能已经相当接近于精神崩溃。后来的事情全变得影影绰绰。回家路上，有没有同姐姐说话？我想自己肯定保持沉默，步态故作扬长。家里人见我回来，怎么对待我的？不记得有谁责备，只是在父母亲房间旁边的一个空屋子里，替我准备了一张暖融融的床。这空屋子是为比较严重的病人准备的，家里寻常频发的感冒和咳嗽都用不上它。我依稀记得父亲坐我床上，严肃却柔声问我原因，这一问真问出一场错误的喜剧来了。我抱怨圣约翰堂生活整体上的污秽肮脏，指的是厕所不锁门，同学老放屁等等，可他理解错了，以为我受了手淫帮的欺侮，于是开始调查圣约翰堂无辜的寄宿生。其实，我到那时还没发现手淫的乐趣呢。就连这个词是啥意思也还弄不懂，不过父亲说话总是用词暧昧抽象，这类用词可能一样适用于放屁。

这时候，哥哥雷蒙德已去牛津学医，家里把他飞速召回替我看病。父亲发现他无法对付这件事情——他甚至可能相信他那一代人的民间邪说，说手淫导致疯狂，而疯狂已经对家庭男系和女系双方，构成现实的威胁。他本人的父亲，葬在西印度群岛的圣基慈，生前患有躁郁症；母亲的爸爸是英国国教的教士，曾因过度夸大自己的罪愆，要求主教剥了他的法衣，主教不从，他就自己动手在田野里把袍子扯了。外祖父的情况，我们一无所知；一向以为，我出生之前，他已经作古。几年前，读到史文朋的信件，其中一条脚注表明，直到1924年他还活着。这么说来，他对我们当时的生活，仍是一个现实的威胁。①

哥哥对于家人如此寄予信任，非常得意(他只长我三岁，刚进牛津当一年级生)。他提议对我做心理分析，可能有助于问题的解决。父亲——那是1920年——居然同意了。

① 原注：作为剑桥三一学院尚未毕业的学生，他同别人一起对第一卷惊世骇俗的《诗歌及民谣》作了佳评。“请立即寄我，”史文朋在1867年写信给阴险的出版商霍吞，“一本叫做‘蓝光’的剑桥杂志的一月号，那上面有篇评论我诗歌的文章。”

第四章

1

长大成人以后，我发现对上代人的兴趣，比之小时候增加不少。心理分析过程中，我被诱导去回想童年的生活，而非更早；再有，就是与父母的关系。我在自己身上追究叛逆的原因，分析自己喜欢什么又恐惧什么。我不曾把叛逆看作出生以前一长串家族叛逆史的延续。一个上了年纪的教士在田野里剥光衣服；另一位舍弃父母，在十六岁上独自出走加勒比海岛，去寻找对一个时代的金色记忆。我的双亲肯定同样叛逆过，只是我不知道叛逆行为的性质，除非婚后生活也许发生过什么爱的乖张。

对祖辈先人，我觉得与祖父最为亲近。他十四岁那年去圣基慈，与他兄弟一起掌管父亲的糖业生意。1840 年，在他抵达后两年，兄弟查尔斯得黄热病死了。威廉姆就这样一个人在岛上张罗。他的经历满可以给巴兰坦恩用作儿童读物的题材。虽说有传闻说查尔斯死时才十九岁，却留下了十三个孩子，这个写到书里去可不合适。威廉姆后来也得了黄热病回国来了。都像是碰巧沉船之后上了珊瑚岛，但都又待不长久，只记得悲情山的山顶云雾缭绕，甘蔗的残渣败叶，迪耶普湾的黑色沙石，基督堂的小教堂外面，褐色的墓石之下，长眠着兄弟。所有这些吸引力之大，使个中年男子抛开贝特佛德的八个子女，抛开足可过上相当舒适生活的经济来源，重回异域(遥远岛国的蔗糖生产正每况愈下)。二十年来，他一事无成，而精力充沛的兄弟们可不愿过巴兰坦恩式的生活，一位是英格兰银行的行长，另一位是托利党议员，第三位是个事业有成的律师。威廉姆试过科学种甘蔗，不过随着就放弃了。他通过律师考试，却从未执业。他唯一稍有长心从事的活计可从他信笺上注明的地址看出：“荒凉山庄：消解中的平原”。

他成了一家泥煤公司富于进取心的(尽管他所有的活动都不怎么进取)经理。年轻的合伙人自杀身死。他时常突然从贝特佛德消失，丢下大宅、大花园以及一大家子人，也不给家人留点钱。下一次听到他的消息，准是从监工小屋传来的，那是黑色泥沼里(这也许使人想起岛上的黑色火山灰)唯一住人的地方。他对生意并无真正兴趣，但他喜欢袋子里装本书出去远足，然后晚上回到尚未建成的有轨电车线路，回到建了一半的水压机厂，回来吃粗茶淡饭，灯火下与人像文盲般地聊大天，最后躺上狭小的行军床。他不适合贝特佛德的家庭生活，不适合玩树桩游戏和赢牌游戏，更不适合那个名叫拉斯特的人来访，那人一来姑娘们会激动得嗷嗷叫。他和孩子们中间存在隔阂。惟有女儿爱丽丝多少传承了他那种屡试屡败却又不改浪漫的本性，正是这种性格，导致女儿在他死后去了南非讨生活。爱丽丝难得回趟英国，要是回来，说的全是些关于新交的异国朋友的故事，像鼎鼎大名的作家奥莉芙·施赖纳，还有斯密兹将军[①]。关于爱丽丝，我现在只记得起她那张善解人意的方脸，上了年纪后略带男性化，再就是她像是老穿着华达呢衣服的印象。二十二岁时，她曾给哥哥格雷厄姆写信："当我想到我要周游的国家，我要攀登的大山(她父亲写过一本在圣基兹印行的小书，记述如何攀登悲情山)，我要去探索一番的河流、森林的河谷，我会突感自己正一天天变老而不再像十年前那么热衷于旅行，而每念及此，简直要发狂。"

1881年的5月，一年之中最不适于出航加勒比的时节，祖父突然决定打点行装离家。格雷厄姆在伦敦替他送行后给母亲发去一信："父亲有没有从南安普敦给你写信？我是周二凌晨一点钟在查林十字街的旅馆里离开他的，一边还在努力把一支大雪茄吸完。他对我说，这天晚上不准备好好休息了，这样第二天，也就是上船后的第一夜，肯定睡意浓浓。我希望这一劳逸调节的计划得以奏效，可又觉得玄乎。要是海上浪大，晕船再加上原来的疲累，那会够他受的。我们去看戏，可戏目根本没有选对。我们去看了五幕剧《莱昂斯的夫人》，一部悲切哀婉的作品，完全无助于激励一位远行旅人的精神。"

① 见第二章·3。

从爱丽丝写给她在伦敦的哥哥格雷厄姆的信中看出，祖父走了，家人也并不怎么记挂。不管是不是带劲儿，贝特佛德的生活还像往常一样：生日酬酢、结伴出游、花园茶会以及月下散步等等，还有我那另一位祖上的堂区牧师亨波尔先生骑一辆三轮自行车，造访贝特佛德，专为勾引女眷而来。自然还有放浪形骸的拉斯特先生继续来访（“他的表情、言辞和行为真叫人看不透，此人内心之谜，在我看来，实不亚于斯芬克斯”）。

虽说性喜冒险，真的有了机会，爱丽丝却一味峻拒。“太感谢您了，爸爸，有意让弗罗伦丝和我去你那儿过段日子。可这实在办不到。您完全是出于好意，我这样一口回绝似乎不知感恩，可我又实在去不了，除非我们全家出动。就说妈妈吧。我想到您只身在外就难过；您一定日子难过吧。不过我想妈妈对于您的各种雄略的长短优劣准已写信详细分析过了，我也便没有必要再说什么，除了在此表达一个希望，但愿我们一家总有在某个地方团聚的时候。”“某个地方”，这话在悲情山下意欲找回自己青春的中年人听来，肯定带有彻骨的凉意。不到两个月，他死于热病。

无论看外形，还是量尺寸，他的坟墓与兄弟的那座一模一样，只是他在岛上姓格林的有色成员们心中没有留下什么印象。大家缅怀的是四十一年前死在十九岁上的查尔斯。也许查尔斯有十三个子女的传说，并非完全诓言，因为我在两年前登岛访问时，一位可能是咱家表亲的脸容，使我发现他长得极像堂伯格雷厄姆。

2

我不知道父亲和弟弟采用何种排除法，选定了肯尼斯 · 吕奇芒做我的分析师。但我要说，为了这一选择，我一直心怀感恩，因为在兰开斯特门他的家里，我度过了也许是此生最开心的六个月时光。活泼泼的幸福，在某种程度上，取决于反衬——爱人相会更加甜蜜，那是因为有过被迫分离的日子。如今在床上进早餐，大托盘里食物放得齐整，由一位头戴上过浆的白帽子的女佣端上。过后，在坎星顿花园的树下，由着我连续几小时的自学。与以前的石级、墨渍斑斑的教室、沼泽地报数和淋浴时屁声连连相比，不啻是生活的奇迹；而从这儿沿路而下就是伦敦。我完全独立，或坐公共汽车，或乘地铁，想去哪就去哪。只要零用钱经管有方，看电影和上剧院也不在话下。再不必跟自己不喜欢的人结伴星期天外出散步。我正飞快长大成人，而不必经受青春期的各种折磨。

只有一次，发生了一件事，搅乱了日常生活的安谧和宁靖。那次，某位来客在餐桌上说起一桩事故，把我的思绪带回到十年前的哈斯暾：两位女士同乘马车行进在罗伊斯吞路上。马匹突然失控，一位女士跌出车厢，长长的帽针竟刺穿了她的脑部。我蓦地倒在餐厅地上。这样的昏厥以前在学校教堂的早祷仪式中也发生过。我并不担心。我这人的想象力有个特点，就是把一场事故的细枝末节一一呈现出来，虽说这些情节并没人说起过。想象力如此一开动，我就会像个医科学生做手术时那样晕场。吕奇芒领我去哈雷街看了专家门诊，我为此有些不解，可很快也便把这事抛到了脑后。这事一忘就是四年。

某夜，我发现自己与多名作家为伴，吕奇芒也是其中一位，即使他只写过一本我认为平淡无趣的教育学著作。沃尔特·德拉马雷——我当时最欣赏的诗人——来作客，还在我新购的《面纱》一书上签了名，那笔迹活像蜘蛛张开长腿。常与他同行的是他的密友纳渥蜜·劳伊德-史密斯，《西敏寺周刊》的编辑。鲁珀特·布鲁克的早期诗作都是经她之手发表的。她对我特别友好，这样，一年以后，我开始没完没了地烦她，寄去用诗体散文写成的伤感幻想文字(其中有些她居然也发表了)。来客中还有J·D·贝勒斯福德，那位被小儿麻痹症弄成残疾的小说家。他的科幻作品《汉普登郡神童》是两次世界大战之间最佳却又是最不受重视的小说之一。另一部乌托邦《革命》也非什么出色作品，当时读来对我倒是更有吸引力。一个夜晚，我们玩游戏，每位来客轮流扮演某种蔬菜。我记得德拉马雷的芦笋杆子，一下子就被众人认出。这样的夜晚，跟在圣约翰堂散发霉味的课室里预习功课相比，真有霄壤之别。我所有的课业只是早晨在坎星顿花园里读历史，到了十一点进屋去做一小时的精神分析。

看肯尼斯·吕奇芒的容貌，更像是个行为乖张的乐师，而不是人们设想中专治人的精神的分析师。他四十出头，一个佝偻着背的高个子。他长一个饱满的天庭，稍稍嫌长的头发，不分头路，往后披散；

又因为好些神经性的大疤痕弄得面目全非。有两个女孩是根据儿童必须事事得到满足的原则养大的，结果就变得非常任性，让人无法忍受。星期天，吕奇芒和他美丽的妻子祖伊去贝斯沃特参加某个名目奥博难懂的教派礼拜，我便负责照看小姑娘们一小时。做礼拜的牧师要求教众投票决定，这天晚上他们是要听布道，还是一次心理学讲座；而在家中，我特别留神让小姑娘们至少在一小时内学到，不可事事率性意味着什么。

我强迫自己写梦的日记(时至暮年我又开始这样做了)，有些梦的残片至今记得，尽管日记销毁已逾半个世纪。有个梦里，我见到美奂美轮的各种色彩；还有高塔和巅峰，那可能源出内斯必特小姐《着魔的城堡》，我还听到一个不依附于任何躯体的声音在咏叹："公主和时间之主呵，您广袤无际"；还有一个噩梦，我梦见自己被阴险的中国特工追杀，同一位带枪的侦探一起躲在一所茅屋里，刚刚觉着有侦探作伴，安全无虞，松了口气，却不料看到握着左轮枪的手上长着中国佬特有的长指甲。

坐在坎星顿花园读中世纪卡洛林王朝的人和事，那是一本陶特[①]的枯燥无味的蓝皮书。一边看书，一边眼神溜动注意着护士小姐们可有什么异常的举动。可唯一不同寻常的事与我希望看到的，大相径庭。一个上了年纪的男子，系了条老式的伊顿公学领带，看人的悻悻

① 当指 Thomas Frederick Tout 的 1899 年作品。

然目光游移不定，拉过一张椅子，居然跟我攀谈起学校来。我求学的学校里有无体罚？我认为现在还有鞭笞女生的学校吗？此人说，他在苏格兰有地产，那儿的人都穿方格呢子短裙，做起事情来可方便啦，说不定我愿意去那儿度假……像一把被风吹走的伞，突然间，他溜走了。我再也没有见过他。

贝斯沃特教堂大钟敲响十一点，我穿过马路，拐一个弯，走进兰开斯特门的那座小屋。如果我忘了前一夜做的梦，那就要求我编造一个(不知道怎么的，大凡编造梦境，我总以一头猪开始)。吕奇芒并不属于任何墨守成规的心理分析学派。就我现在的观点看，他更接近弗洛伊德，而不是荣格。不过，阿德勒的学说可能也被他汲取了若干。二十年前，发生过一名男病人自杀的悲剧。验尸官恶狠狠地不讲情面。我感到他从此行事非常当心，试一步，走一步。跟他生活在一起的这段时光，对我而论，真是功莫大焉。至于原因是精神分析，还是床上的早餐、坎星顿花园的静谧加上突现的独立生活，这我就不想说了；分析是不是足够深刻，我也同样缄口。不管怎么说，就像弗洛伊德写的，“如果我们能把歇斯底里的痛苦转化为寻常的不愉快，收获就相当可观了”。

那张受过损伤的乐师的脸总是出现在书桌后面，秒表准备停当，等着我来到。屋子里有没有一张长沙发，就像众多的人说笑时都要提到的？我记不清了。我开始复述梦境，他用秒表掐算我的联想。过后，他用常人都能听懂的语言，解释分析理论，说到往昔把我们永久置于奴役之下的道理。有时候，分析进行之中，他从不显出激动的模样，似乎他只是嗅到了他长期以来等待着的某种东西。可是就我个人的梦境和联想而论，他并无特别的指教，而是耐心地等待我自己去发现回到往昔的漫长道路。我本人也开始觉得这样的探索极有意思。探索固然有益，兴许探索之乐对一个孩子说来会使他的头脑过于失控，激发他掀起每块石头，看看底下藏着什么，以及探究动机，怀疑一切的欲望——从此以后，爱不再是件简单的事情，不再有明豁的答案可以解释。

就像所有类似的分析活动一样，至关重要的时刻终于即将来临，这是病人的感情到了必须转移的时刻，而对于分析师来说，这又是最棘手的时刻。也许，吕奇芒想提供一个与家无涉的题材，晚上的来客中多了一位学芭蕾的女学生，后来我们还去看她表演。女学生依仗舞美的附加魅力，使我差一点儿就爱上她。在伦敦逛街的时候，我在阿尔贝托桥塊的泰晤士河堤区发现一间小书店，用几个先令买下埃兹拉·庞德的早期浪漫诗集《人物》——他取代沃尔特·德拉马雷，成了我欣赏的诗人。在《人物》的影响之下，我给那芭蕾女生写去三句多愁善感的印象主义的诗。她有个挺浪漫的名字，叫伊索拉（我在给母亲的信里称她为“未来的巴甫洛娃”），可我终究没把诗献给她，两人的关系没有再进展一步，过后就再也没有见过她了。情感转移依循另一条惹出不少麻烦的轨迹，这回是分析师太太使我上了心。自己惧怕的那一刻终于来临：坐在坎星顿花园里，我发现能够陈述的梦境惟有与祖伊·吕奇芒的色情遭遇。我第一次害怕十一点钟到来。自然，我可以说自己什么都不记得了。于是，吕奇芒就会叫我杜撰一梦，我则可以循向例把猪猡抬出来。可是自己已被热情充分煽动，瞒骗只有对分析不利。瞒骗如同侦探有意销毁谋杀的线索。我硬硬头皮，离开花园，走进屋去。

“现在，”吕奇芒就寻常理论说了几句之后，问我：“我们这就谈谈昨晚的梦。”

我清一清嗓子。“只能记起一个梦。”

“说来听听。”

“我在床上，”我说。

“哪儿?”

“这儿。”

他在笔记本上记下点什么。我深吸一口气，一五一十道来。

“有人敲门。进来的是祖伊。她全身赤裸。她向我俯下身。一只乳房几乎碰到我的嘴。我醒了。”

“乳房给你的联想是什么?”吕奇芒问，揿下秒表。

“地铁列车，”我隔了好久才答。

“五秒钟，”吕奇芒说。

在吕奇芒夫妇处待到快结束时，可能是不想被知识分子的哥哥超过，富有的爱丕叔叔把大女儿埃沃也送来做精神分析了，同样待在分析师家里。她要是早点来，我的感情转移可能会冲着她去，因为她长得漂亮。几年之后，她成了除年龄太小的休伊外，所有格林兄弟们追求的对象，其中尤以赫伯特和我两人为她争风吃醋闹得最凶。夏日傍晚的网球赛，风驰电掣开车去邻镇屈灵……有时弄得我的德裔叔母认真犯愁，格林家要是再出一对嫡堂联姻，那可真成灾难了。幸好，到了伦敦，机会多多，啥事也没有发生。在那些年月，十六岁的男孩还算儿童。我曾鼓起勇气，带她去看尤金·奥尼尔《安娜·克里斯蒂》在伦敦的首演(后来才知道，她的家人认为选择这戏不妥[1])。我当时尚未为情所困，因此完全可以怀着幸灾乐祸看好戏的心态，在那里揣度，她的感情何时才能转移到咱们这位古怪又满脸疤痕的分析师身上。可惜我看不到了。感情转移(如果确实发生过转移)之前，我已被送回——重回学校的天地去了。

① 显然因有强奸、卖淫等内容。

第五章

1

真是生活的剧变。我不再是那座被我恨之入骨的叫做圣约翰堂的兵营式场所的寄宿生。那个我曾在此度过幸福童年的家，不可思议地变了。我也不必再害怕上课的常规。那些课程我曾使尽心眼来对付，现在又已过了上体操课的年龄，于是这些课似乎不再那么讨厌。重回学校的我带有某种优越感，仿佛我是远航归来的识途人。对于我碰到的当地学生而言，我见识过异地仪式，且积累了关于人性的知识，他们要想与我比肩，非经多年历练不可。或者说，我自己是这样想的。祖父大人从每天早晨蔗丛中的长程骑行回到英国，丢下那些圣基慈的黑人劳工，可曾体会过同样的昂扬情绪和胜人一筹的优越感？我初去伦敦时，还是个怯懦小伙，不与世接，内向害羞；而回来时肯定显得虚荣又饱经风霜。1921 年有几个同学知道弗洛伊德和荣格？那年夏天，我把沃尔特 · 德拉马雷请来，在花园里和我父母共进草莓茶。他是到伯克汉姆思黛德来做演讲的，我也就洋洋得意地以诗人的朋友自居，尽管我原希望父亲会对他的诗作抱有更大好感。“缺少激情，”他跟我争辩，而为了反驳他，我即示以《面纱》中的一首诗为例：

“可怜的双手，可怜的无力双翅，
折叠着，垂下，呵多么悲伤！
瞧，是我的心儿在歌唱
为了使你心花怒放。

“我口吐爱情，你，我的爱。
我的全部存在和所知一切
都属于你。我的心胸——挨近些：
别再如此悲切！”

他失望地摇头，想起了勃朗宁。“柔情而已，”他说，“不是激情。”

我发现如今交朋友太容易了。卡特的统治一去不复返了。他像是属于另外一个地质期，一个被埋葬的校区社会地层。一所学校里总有不少滞留的死水，可我终于入了主流。跟当年圣约翰堂的小混混们不同，今天我有艾列克 · 盖斯特这样的同学（后来成为出众的伦敦行政官），还有克劳德 · 考克班恩和彼德 · 昆内尔这般精英。我跟昆内尔结伴逃避军官训练团的操练，条件是两人必须从体操教师那儿学习骑术。教官为人和蔼可亲，长一张红扑扑的脸，曾是骑兵，人称拉鲍克班长。我一骑上马就怕，后来出了校门，我还驱马去公地腾跃一番，即便只是为了吓唬自己。要知道，人一害怕，就能从根深蒂固的郁闷中逃遁。我又开始厌烦生活，那是心理分析滞后发作的影响；要不，至少我当时是这么想的，尚未认识到躁郁症将缠绕我一辈子。昆内尔选一匹性子烈得多的马，跑得比我快，跳得比我高。有时候，两人从公地沿一条长路——就是我当年逃脱之路——走回，行过大热天汗流浃背的军官训练团队伍，听他们齐唱阴郁的军歌“我们在这里，因为我们在这里，因为我们在这里”，这词儿活像是格特露德·斯泰因的句子[①]。我对这些人既同情又蔑视，就像古代骑兵对于可怜血战的步兵的感受一样。现在，我已不骑马了，但马儿毛皮的气味顿时会带来自傲和紧张兼而有之的感受。

我已是六年级生。课业随着改变。毕业文凭已经稳稳到手，所以我可免修数学、拉丁文和希腊文，改选所谓的现代课程，主要是法语、历史和英语。因为学生不多，我们得以有不少空课，可供各人去图书馆自学。都是父亲那“计谋”游戏里的空白卡片，使我们受益。法语，我虽从来没学到可以得体交谈的地步，这会儿成了令我心仪的文学语言。教法语的先生名叫劳伊，人长得英俊，脸色棕里带黄，据说此人的根在葡萄牙，家里是酒商。劳伊在一个纽孔里，缀一小段葡萄牙绿色绶带，因他曾在西线像养肥了的猪群被人往屠场驱赶，随同下场悲惨的葡萄牙军队作战。好多同学认为他长得太世俗英俊，又慑

① 这首军歌流行于一次大战，使用现成的《友谊天长地久》音乐。之所以与美国作家斯泰因相联系，是因为她做过“正常运动神经自发性”实验，为写作中的意识流找科学根据，并断定一心可以两用，心口可以不一。

于他的军官作风。可我喜欢听他讲课。法文课上，我们时常花上整整一小时，来斟酌用词，最后译出莫里哀的两三个句子或埃雷迪亚的十四行诗。他还指出我使用自己的语言时，务求精确第一。

是他推荐我去读了利顿·斯特莱切的《法国文学里程碑》；又是通过斯特莱切，我至少一时觉得自己成了拉辛爱好者。斯特莱切说服人是很有一套的："今天普通的英国读者可能会这样想他——要是他确实想得到他的话——沉闷、死板、从俗。"随便哪个自以为不是白吃饭的学童，听了这话都决不会对斯特莱切的挑战无动于衷。单独长程行走时——现在已成喜爱的活动，而不再是逃避板球，因为肯尼斯·吕奇芒已经发话，豁免我所有的运动——我的衣袋里装的是拉辛的悲剧《蓓蕾尼丝》，而不再是《冥府史诗》。

此时我才开始爱上伯克汉姆思黛德四周的景色，从此魂牵梦绕，以至于切斯特吞相当拙劣的政治叙事诗《第一场雨》至今仍能像诗歌的主题句一样感动我："暴风雨正翻越切尔吞群峦而来。"[①]切尼斯、埃文霍和埃尔德勃利这些附近的古村，对我来说，比之遥远西南部的达特沼泽或约克郡的荒原，更像是故乡，而切尔吞山脉中许多隐秘地点自然也亲切多了，因为这些地点全在大都会铁道圈[②]的边沿，来到这里，你会有种疆界到此为止的激动。譬如有一道叫做"苦水"

① 系叙事诗每节最后之叠现句和末句。作者熟悉的埃希律奇猎场、屈灵以及何末尔汉普斯黛德均在切尔吞山脉景点范围内。

② 指由"大都会铁道"连接的伦敦西北部地区。

的干涸河道，一半被矮树丛掩没，原来在某场战争前这儿曾有流水。那是第二次布尔战争，时间是 1914 年 7 月。当我在慕尼黑危机期间到此一游时，水已干枯，可惜 1939 年 9 月我没再旧地重游。这儿乡野的深度是要你纵向往内里细看，而不是横向发散的，所以离开学校操场不远处出现一个身披树叶的五月绿人，你能看到。有次，我跟一名铁路搬运工在车站附近的一座公房里闲谈，自从此人妻子十五年前死后，他居然没再去过离此仅五百码的通衢大街。伯克汉姆思黛德总让我想起德国诗人里尔克写到的乡村被“前胸瘦削的”城郊居屋挤迫，较远处，“牧羊人在晦暝中倚着最后一根灯柱”。

事有凑巧，散步时带上拉辛和拉斯金的演讲集《芝麻和百合花》，我便开始以拙劣的诗体散文，创作极为矫情的幻想作品。一部叫作《钟摆滴答》的可算最为糟糕，写一个老妇孤独死去，曾发表在学校的杂志上。我把刊载自己作品的那几页剪了下来，给当时的一份晚报《星星》寄去，天知道是什么理由，报纸居然刊登了，还寄来几个畿尼的稿酬支票。我拿着编辑满篇好话的来信和赠阅的报纸去了公地，坐在废弃的靶垛上，对着自己和大片墨绿色的金雀花和欧洲蕨，大声朗读。现在，我这样告诉自己，我已是个货真价实的专业作家，而从那以后，竟再也没有体验过这样的激动、自豪和信心，即使在第一部小说出版之后，兴奋总是在自觉失误中，在意识到意图出现差池时减色不少。可是在那个阳光明媚的下午，我从《钟摆滴答》找不出一丝一毫的瑕疵。荣耀感对我来说，是第一次也是最后一次体验到。

接着，我试着写剧本：开始颇知节制，只写独幕，以中世纪为背景的悲剧，渲染残暴，惟有这样我那可怜巴巴的诗体散文方可发挥。写作时，我深受毛里斯·修勒特《林中情人》的影响。“欲望女埃苏尔特”式人物相继进入剧本。“娇小女子，比乡间一般妇女更为瘦弱，却为满头黑发所累；一个阴郁遐思的女孩，沉默寡言，全身赤裸，斜眼瞟人，惨白的脸上两只灰色眸子炯炯有神。”神圣荆棘修道院的院长就是这样描写她的。后来一读再读梅特林的五幕抒情诗剧《佩利亚斯与梅丽桑德》，吸引我的也是这样的角色。

继修勒特之后，下一个影响是邓山尼勋爵。我去看了他的四幕梦幻剧《如果》的演出，戏里由亨利·埃恩莱[①]出演主角(我本人也在学校某次庆典上，演过邓山尼《丢失的丝质礼帽》中的诗人一角，多少也可算是亨利的同事吧)。过后我立即动笔写一部幻想剧，只是剧名叫什么现在都想不起来了，只记得宣扬的是我一直坚持的信念，即午茶仪式中固有的诗意。1920 年，午茶仍是一天里重要的正餐之一，又最讲究美感。银茶壶，一层层堆砌的糕点，活像中国的庙宇；白褐两种面包和黄油；切得薄如刀锋的黄瓜和西红柿三明治；小烤饼、小山干果饼干，然后是各色糕点：梅子糕、美狄拉松糕、贡蒿子调味糕。这午茶奢华得简直就是维多利亚时代的一顿正餐。我的剧本，我不知是为什么，除了邓山尼基本上采用这套路之外，从伦敦一路写到

① 英国名演员，劳伦斯·奥利维埃之父。

中亚的撒马尔罕城。

我把剧本寄到1920年社会上存在的众多的剧社之一，当然不敢高攀舞台剧社这样的高枝。当我收到一位女士姓名签署的来信，表示接受剧本，准备演出的时候，大为激动。于是一天早上我就去了伦敦，去见见我的第一个老板。地址是圣约翰林地某处，当时，那地方仍保留着多有非法爱巢的名声。摁过门铃之后是久久的等待，待到终于开门，对方是个拽着寝袍的高头大马妇人，可以看到走廊那头双人床上一个全裸汉子正紧盯着她。妇人惊讶地看看我那缀有校冠的蓝色学生帽，我则说明自己是为我的剧本而来的。她给我倒了一杯淡而无味的马扎瓦提茶(与我宣扬的茶完全不同)，一边端详着我，一边有意把话说得模棱两可，关于遴选演员和演出日期等等全都含糊其辞。我不记得那次以后她还来找过我。至于剧社么，我敢肯定，很快就不复存在。我的剧本也许是她伸手去抓的沉船残骸的最后一片，结果连同她的梦想一起全部沉入海底。她的梦想无非是找个有钱的瘟孙，为他的这部戏筹划花销，负担一应杂费和应急费用(包括房租和牛奶，以及所有与走廊尽头双人床有关的开销)。

好歹剧本终于还是有人接受了。希望破灭是个平缓的过程，日复一日，没有打着伦敦邮戳的信件寄来。我由此开始做梦，而且这一做断断续续做了二十年之久。我梦见自己虽然仍在学校，却已是个公认的有成作家，足可赚钱养活自己。我干吗要害怕考试？只要我愿意，我尽可一股脑儿放弃学业。大学对我又有什么重要？未来有什么可在乎的？还有那个丑恶的盎格鲁-撒克逊双重意义词“职业”。然而不做梦的时候，还得照样不间断地去上课，奖学金考试还森森然耸立在前。

2

父亲负责部分的英语课，其余的由“狄寇”·戴尔负责。狄寇的课比较出人意料，譬如向我们一共才五六个学生的班级，朗读教学大纲以外的作品，用他那种懒洋洋的拖长声调——“全是生活经历罢了”——介绍贝多斯和他的剧本《死亡笑谈录》。不过，在学生心中植根更深的，也许是父亲的课。父亲是个不循常规的教师。他教三门课：英语、历史和拉丁古典作品。三者时常会重叠，以至于教罗伯特·勃朗宁的时候，极有可能转而讨论英国历史学家曲雷维尔扬[①]关于意大利民族英雄加里波第迭次战役的记述。六年级学生发现他既有趣，又值得尊敬(如今卡特和他那帮幼稚哥们的起哄声早就远去，这些人一点不懂弗洛伊德对于梦的诠释)，按克劳德·考克班恩的说法，“除了傻瓜，谁能不欣赏查尔斯·格林的历史课呢?”父亲的教法是这样的：“说到罗马，让我引导诸位注意昨天发生在巴黎(和会)的事情。让我把你们的注意力，如果可以，引到劳合·乔治和克里门

---

① 指 George Macaulay Trevelyan。

梭两位各种谋划可能导致，不，应当说是注定发生的后果。我们不妨看一眼如今在自由欧洲脚下大张着嘴的深渊。让我们一刻也别怀疑这些走火入魔之辈的恶行将会带来的后果。带着这样的认识，我们回过头来仔细审视西塞罗（一个可疑的人物）以及他的元老院伙伴们在喀提林阴谋发生时所面临的形势。”

我进牛津之后收到过彼德·昆内尔一封来信，其中描述了我父亲的模样，说他几乎平躺在书房桌边他的那张大椅里，方帽子覆在脑门上，颤巍巍地就要掉下（他在学校总是身披学袍，头戴方帽，所以隔了绿呢包裹的门，在家居这边，有时看到他这副学者打扮，会使人大吃一惊：简直就是违反中立原则的越界行为）。我比昆内尔早一两个学期进的牛津，当时带去一封他写的介绍信，去见一位比我们两人年长许多、住在野猪山村的女生。克劳德·考克班恩和我鼓起极大的勇气，请那女生吃了顿午餐，我随后给昆内尔发去一份电报，口吻肯定颇带吹嘘的意味（其实根本没什么值得吹嘘的，因为我在给母亲的信里写到，“她很可爱，可已经二十好几了”）。他的《三只野兽假面诗剧》用的是19世纪法国的自由体诗，那剧本将由金鸡印书馆出版。（诗已先行发表于《公学诗作》，据说在学校澡堂，他有时会遭到类乎卡特的捣蛋学生的骚扰，怪声读出在他们看来他写下的癫狂诗句。）昆内尔的回信多少也采用了自由诗体，全文如下：

“我亲爱的格雷厄姆，

即使发出嘲讽的笑声，也需要事先稍作斟酌。下一次你把我亲爱的瓦渥莉特带出去吃午餐，你一定要计算好时间，别在你老子‘来潮’的时候发电报来……

你父亲当时正处于在我看来是英国式来潮之际。这种状态已颇有历史意义。可爱的老先生舒舒服服地仰卧在那儿——很像一只翻过身来的乌龟。

——注意到没有，他正变得像一只可爱的老乌龟？——

——而我们对民主的前途虽然悲观，犹在高谈阔论——

然后，自然是埃德蒙兹夫人进来[①]（埃德蒙兹先生有一件挺唬人的海轮船长油布雨衣，穿着很像一座有待揭幕的雕像。

——一次还戴上一顶宽檐防水帽与之匹配）

——跌跌撞撞地急着进来

你父亲正像西塞罗那样说得起劲，这下便急停

——沉重的阴霾和不祥感落下

压在每人心头——

——特别是彼德，当他听说

一切都是为他而作——

---

① 原注：父亲的秘书，寡妇再醮，第二个丈夫是初阶部的教师，个头很大，全无幽默感。秘书的第一任丈夫有个比较响亮的爱尔兰名字，两人生了一个漂亮女儿，金发垂到腰部以下。多少次我沿长长的通衢大街，一直走到北教堂村和“黑店”那儿，为的只是希望看到她一眼。我估计，学生当中没人能接受倒霉蛋埃德蒙兹是她继父的事实。他像是擅闯浪漫王国的异类。

——我想象我的父亲奔跑着经过

西奥博尔德路

或是我的金鸡书店，上气不接下气

而你父亲挣扎着想坐起，并用严厉而且

完全冷冰冰又不以为然的态度，说我非到十二岁才能读懂

——可是——突然间心又软下——如我果然出色——我可以

现在就读——立刻，马上

除非有个答案

寒气逼人，万籁无声，我读着，而当我目光尚未离开

——心头惊诧

——几近骇然——

你父亲

以更加不以为然的态度问是否有答案了

可是没有

于是他往后一仰重又摆出乌龟姿势

西塞罗来潮继续着——欧洲的民主

及其命运重又像暴风雨黑云般卷扬而起。”

文学能够比宗教教诲给人留下恒久得多的影响。我父亲对罗伯

特·勃朗宁情有独钟，后者像是诱发一再复发的热病的细菌。我至今持有的那本诗集，是他给我的坚信礼馈赠，只不过勃朗宁提倡坚信的决非上帝。我经受了心理分析回来，了无宗教信仰，自然更不会信仰学校教堂里的耶稣。我从勃朗宁那儿接受的影响，要是父亲知道，肯定认为是极不健康的选择。今天要我回忆登山宝训里的语句，我非去《新约》查找，而勃朗宁的有些诗句在我记忆中存留了五十年，对我生活影响之深，远胜至福圣训：

“还是犯下全部罪行的好，当然上帝看得清；
然后恣意生活吧！生活自会考验他的神经，
看那天，人间事尽收眼底，却不置一词，
　看那地，可怕的缄默，不动紊丝。”

“如此令我切齿的禽兽，我从未见；
定是邪恶之极，方该接受这等熬煎。”

“我把奸计受挫的鬼犯下的罪孽
归咎于不点亮的灯和未束紧的腰，
虽然可见的结局总是恶行，我敢说。”

如果要我为自己写过的全部小说找篇铭文，那准是引自《伯罗葛兰姆主教辩》[1]：

> “吾人兴趣总在事物的危险边缘。
> 诚实的偷儿，柔情侠骨的杀手，
> 迷信的无神论者，卖身的名媛
> 爱读法国人的新书，从中挽救灵魂——
> 瞧，这些令人眼花缭乱的诗句
> 书及一半，就布排得平衡妥帖。”

有了罗伯特·勃朗宁，我生活在私通偷情的境界，还有黑暗街角的幽会，欲火烧身的教士，慌忙中匕首的互刺，远比罗曼蒂克的爱情更让人目眩冲动的炽烈的性欲。我父亲难道真是中了邪，压根儿没注意到他对我们朗读的诗句的意义？即使在史文朋的作品里，我也从未如此强烈地感受欲望的冲击力——突然出现的直白细节，足以撩拨一个男孩的肉欲。

> “迷人的红唇作何用，
> 天仙般秀发，高傲的前额，

---

① 采用酒后对话又以主教独白为主的体裁，有评家称，在某种意义上，是诗人关于信仰和怀疑、说教和行为的自辩。

还有灼烧你手臂血管的血?”①

“啊,那白皙的娇小美人,双乳……”

“你的纤手本身就是个女人,
而我以赤裸的胸膛让你偎依。”

“是这样一位女士吗? 圆脸,红唇,
脖子上的小巧脸蛋,像是园圃风铃花,
胸脯的无上丰腴,男子的头可否倚枕?”

“……你站在那里,
温馨的,白皙的你:但愿这酒
沐浴你的全身之后
我再品尝,你再这样一口饮尽!”

读过一个下午的勃朗宁,谁也不会转读丁尼生以求对比。暮色中沿通衢大街走去,为的是一见垂拂至腰的一绺金发。

① 后接诗句为 Unless we use, as the Soul knows how, The earthly gift for an end divine! 疑故意不引,意在突出作者在此强调肉欲。

"——啊，更加清新的脸！'是真的吗'

你会问，'有人的眼睛美得比我的新鲜？

有人的头发，——叫人没法选择而只能

全盘抓住如此财富……？'"[1]

读勃朗宁的作品，总给人一种危险、奇遇和变化的感受；我们尽可把平淡无趣的一味写实留给《布莱爵士》[2]和《加拉哈德圆桌骑士》。

随着年岁增长，我们常会忘记自己在十六到二十岁那些年体验过的极度性兴奋状态。在1920年代早期，有过一出音乐剧，叫做《卡巴莱歌舞女》，由多萝赛·迪克森小姐主演。要是搬到今天，我敢说，那简直就像《男友》一样滑稽可笑，可在我离开学校的第一年，我却连看六次，除去一次，每回都自始至终陷于肉体冲动。（那例外一次，迪克森小姐由B角顶替。）肖恩·奥凯瑟有个短篇，叫做《我要女人》，那更契合青春期中人的情愫，而非情窦初开的小儿那种想入非非。

那些年，我们一直这样生活，幻想着从未真正经历过的性体验。我们说话，做梦，读书，总离不开一个性字，可待到形诸笔墨，我笔下流出的不是感伤诗句，就是非诗体的矫情狂想文字。在两次性冲动之间，躁郁症发作，弄得人痛苦不堪。躁郁这东西像个气球，老在头脑里膨胀，压迫脑颅，有时我真害怕气球会胀破，使我丧失理性。于

① 勃朗宁被公认为忠贞爱人，尚且期待"清新"和"新鲜"，何况作者本人？

② 从卿卿我我到生儿育女再到事乖命蹇的记录。

是，不上学的时候，我会求哥哥雷蒙德跟我一起乘火车去一小时车程之外的伦敦(要是坐早车，一张职工来回票只需三先令左右的车资)。我俩在索霍区一家餐馆用午餐(餐馆叫派诺利，花半个克朗，可享用五道佳肴)，然后沿查林十字街逛一逛旧书店。熙来攘往的人群以及脚下坚实抵御我步子的人行道，给我抚慰。以这样的心境在乡间散步，解决不了问题。草皮软绵绵的，像是人体，一接触，热狂会重新袭来；而每个干草堆不正是有可能任人野外做爱的场所。

从苦啤开始，酒开始吸引我。此生第一次的苦啤，是骑术教练拉鲍克请我喝的，那是在夏季某个夜晚我去看他的时候。我不喜欢那味道，一鼓作气把啤酒喝下，只是为了证明自己是个男子汉而已。不料没过几天，我同雷蒙德在乡间长途散步时，苦啤的滋味忽被记起，逗弄着我的干渴。我俩在一家小客栈歇脚，吃了面包和干酪，我第二次喝苦啤，觉得味道极爽，自此，这种爽口的愉悦从未再辜负过我。我还因此找到缓躁解郁症的另一途径。后来，进了牛津，酒成为良伴，虽说有时喝到危险的地步。整整一个学期，从早起进食到夜晚上床，我始终是醉醺醺的。

那些青涩岁月真是可以把生活弄成一团糟！欲望、躁郁和多愁善感，甚至把自己也吓一大跳的嫖妓冲动——那些年在久闵街上还真有妓院；还有虚幻的想入非非的爱，爱那个一绺金发女，爱那个天色黑得已看不清球，却还在和我打网球的堂亲。在懵懂的幼年发情时期，再多的女孩都能同时试演一个情种的角色，只是谁也到不了真正上演的程度。弟弟和妹妹有个小保姆，老虐待他俩，可就是喜欢我。每天夜里，我吻她祝她晚安的时候，总觉得对不起弟妹。像是答应我关系有可能继续发展，小保姆送了我此生的第一把剃须刀，可貌似答应的事情终未实现。某夜，我上床前来到童室，发现母亲正好也在。为了表示在其他场合吻一下小保姆，我是心地坦荡无愧的，我便走上前去，堂而皇之在她唇上印下一吻。我既未坠入爱河，也没有肉欲。不久小保姆走了，弟妹不再受她专制管教，我这才释然。

3

1922 年秋季学期，我去了牛津的贝利奥尔学院。[①]去时，什么问题都没解决，仍然是个混沌小子，说是想写作，却找不到题材；说是要表达自己的欲望，可又战战兢兢不敢造次；说是要向人求爱，又没有真实的对象。我曾想请姨妈莫德牵线，撮合我和金发女。我可不敢写信到她家，因为信件有可能被她那恶狠狠的继父看到。姨妈替我转了一封信之后，拒绝再替我转信，而据我记忆，自己不曾收到过回信。与此同时，我悉心保存着堂妹寄来的一张明信片，这时她已在德国的某个地方。不久，我只能说服自己，说是第一个假期里跟我通信

① 原注：我未能得到奖学金，怎么还去贝利奥尔？我想是父亲明智遴选的结果，因为那所学院在当时是反对无神论的。再有，学生人数多，就像处身在一座大城市，失落在人群中，籍籍无名，是种保护。

的谷物市场乔治街的某位年轻女招待，对我有意，还寄来一张照片。这些我也保存了下来，仿佛这些纸片就是我的全部女人缘。

“为爱而爱，或是发自孤独的心……”要刻画这种无所适从又是或明或暗表达的性饥渴，谁也比不上鲁珀特 · 布鲁克的青春期诗句。“快乐不属于他们，痛苦也不是。他们怀疑，接着长叹……”然而，真正的痛苦已经不远：完全可能在一眨眼之间，你已长大成人。

第六章

1

那是1923年的夏季吧，我勉强跟随家人去了诺福克海岸的谢林汉姆。负担过重的父亲每年给我二百五十镑的津贴——这数目在当时已算够慷慨的了——牛津入学不久，我得以赢得一笔五十英镑的历史课资助，这样可让父亲的开支略有减少。关于奖学金，我在中学时代已两次申请失败，而之后的几个月里，历史课有多少进步，我自己是存疑的。好在我们依然生活在颇有影响的朋友中间。我的导师坎讷茨·贝尔曾是父亲的学生和弟子，也当过学校主管。我后来从他那儿知道，发放历史课资助给我，主要是因为我的英语散文。“那首你引用的诗，”他说，“我告诉他们是你自己写的。”他肯定知道我想写诗，可那一首的的确确是埃兹拉·庞德的作品，我只不过背熟罢了：“名声是我们追猎的白公鹿……”1923年，读过庞德的大学教师还不多。当我对坎讷茨·贝尔说，他弄错了，他全无不安。资助总要给人的，与其给别人，不如给我。

我也许本可积蓄些足够的钱，夏天去法国，而不是谢林汉姆。巴黎当时对我的诱惑大于雅典或罗马。在巴黎，《尤利西斯》刚刚出版：在“人面狮身像”餐馆，大家都说，招待顾客的全是裸体女服务生；女神游乐厅和五月音乐会当时还不被认为此后为公众熟悉的家庭娱乐。可是第一年到最后，我已是债台高筑：喝了多少桶啤酒，买了一架又一架与学业无关的书。在伯雷克维尔书店，挂赊对新来顾客像是没有底限的（书店方面有时也有点喜欢顾客赊账）；啤酒则是向学生饮食服务部定购的，费用全列在膳宿费亦即学院账单上（他们可不赊账）。由于头上两学期，我住在牛津远北的比奇克劳福特路，夜半回去常得坐出租车。因此，下一学期尚未开始，我已在寅吃卯粮了。没办法，我只好无精打采地想：“这个夏天只有去谢林汉姆了。”去那儿花的是家里的钱。

弟妹休伊和伊丽莎白长大了，已不需要保姆管教，所以说教我怎么接吻的那一位去后，没人顶替。不过请来了一位家庭女教师，大约二十九到三十的年龄，足足长我十岁有奇。在谢林汉姆，最初几天，她没给我留下什么印象——我还在做着堂妹和乔治街女招待的白日梦。我注意到，弟妹跟家庭教师在一起很开心，她也兴高采烈加入我们的沙上板球游戏。第一次来电是我躺在沙滩上看她，她的裙子给掀得好高，露出一长段裸露的大腿。那一会，我突然之间身心投入地热恋起来。这种爱没有浪漫的遐想，没有虚假的自欺：与乔治街女招待的那种雏爱不可相提并论。

好奇怪，一切都还记得那么真切。我似乎仍能见到那一片沙滩，忆及母亲在看书，以及自己是从什么角度仔细窥视她那肉体的，可是对于第一次吻她的情景以及此前必定有过的踌躇和心虚，却全记不起来了。对她而言，起初，如此调情，在她意识到危险之前，肯定有助于打发无聊的时光，因为伯克汉姆思黛德偌大的童室里，她得孤身一人陪着两个孩子。我却是不可自拔：仿佛活着就是为了跟她在一起。关系维持不久，她对于眼前发生的一切开始发生疑虑。寒假的每天晚上，我总要上楼去童室，看她独自坐在那里，炉火正在铁护架后面慢吞吞把煤燃尽。夜复一夜，父母准已听到我踏过地板的脚步声，正如同我坐在楼下，假装读书，竖耳听着她在楼上的一举一动。在白天，她有时会叫我妹妹帮忙，设法躲开我。为了取悦她，我学跳舞，周六晚上我俩就去“王上纹章”那被人叫做“蹦啊蹦”的舞厅。为了装门面，偶尔，我得找个学校教员那无聊之极的老婆跳上一曲，而把她让给别人去抱着拥着。有时，在不上课的教室，以教会弟妹跳华尔兹和狐步为借口，我们自己跳舞，这时只要弟妹没看见，我们就偷着来番嘴唇接触。

但是可怕的事情终于发生。她告诉我已经和一位在亚速尔群岛的电缆和无线电公司服务的男士订婚。她已经一年多时间没见过男方了，因此那男人简直成了个陌生人。好在对方不久就要回来，自己就非离开伯克汉姆思黛德去完婚不可。一次，对我谈到婚事时，她还掉过几滴眼泪。我那时没有经验，不懂得逼着她接吻之外还有什么别的事情可做，只是觉得婚姻远非伸手可及；我们两人的年龄相差又那么大。我能做的惟有促她悔婚，可我又不能做出任何补偿。回到牛津之后，我们每周通信。她的笔迹已在我记忆中生根，以至于鱼雁往来停止三十多年以后，某次我收到她的来信，为我的第一部戏《起居室》求票，我从信封上就认出她的字，心跳顿时加快，直到记起自己已经年过五十，而岁月无情，她更是六十好几了。

今日看来，从牛津远距离求爱，真是到了可笑又自私的地步。譬如说，我组织“牛津诗人”与当时设在萨沃伊山的英国广播公司合作，举行朗诵会。参加的人当中有哈罗德·埃克顿，还有约瑟夫·戈登·麦克利奥德、T·O·比契克劳福特和A·L·罗斯。其中最后这位是唯一收到过一封“追星”信件的——写信的是个卧病在床的老太太，信里说，老太太发现他的诗句“抚慰人心”。我读了一段为参加纽迪盖特作文奖竞赛写下的文字，那一年的赛题是“拜伦勋爵”，可我那些情意绵绵的素体诗与拜伦全然无关，倒是针对着伯克汉姆思黛德去的。家庭女教师事先得到通知，坐着听广播。可怜的年轻女士，我根本没有想到，跟我父母一起坐在收音机前，她经受的会是何等样的窘困。就像写信一样，我剖心析胆给她写过多少诗，不是卖给《西敏寺周刊》（周刊的编辑仍是肯尼斯·吕奇芒的朋友纳渥蜜·劳伊德-史密斯小姐），就是免费供稿给《牛津观察》（我近水楼台，恰好是该刊编辑），要不投到《牛津纪事》，一首诗得到五先令的稿酬，或是寄往不付稿费的《十弦琴》。家人对我的诗的主题肯定一清二楚。就连童室里她的脚步声也是入了诗的，还有对她要嫁的那男子的妒忌。在1924年冬天写的一首十四行诗里，我只能毫无生趣地展望孤独的未来——“1930 年，咀嚼着一块里昂排骨”，那诗以悲怆的调子起首，可我怎么想得到，1930 年时自己已是个结婚两年的幸福丈夫？可是激情的真实性断不能以激情来去短暂来质疑。地中海浅水区的一场暴风雨，可能几小时就过去，可是肆虐之时的狂野足以把人淹死。我的感情风暴就是如此。激情一时减轻了躁郁症的重负；希望是种万应药，虽然期望所寄只不过是下一个星期六“王上纹章”的“蹦啊蹦”舞厅。有的时候——即便是家庭女教师，也有放假和自由活动的日子——我意识到自己的宿敌只不过在伺机重来罢了。躁狂-抑郁，就像祖父一样，那是今天的诊断结论。精神分析没治好我的病。

2

我记得清晰，那个下午，在我同哥哥的卧室里，在墙角处一个棕色的杉木柜里，找到一把左轮手枪。那是 1923 年的初秋时分。枪很小，就是女用的那种，共有六个弹槽，像是微型的蛋托。另有一个硬纸盒，装满了子弹。我意识到一见左轮枪，自己就起意如何使用它，于是就从未对哥哥提起自己的发现。（直到今天，我还不明白他藏把枪想干什么；他肯定没有持枪执照，而且他只长我三岁。大家庭像政府部门那样各自为政。）

哥哥外出——可能是去湖区爬山了——在他回来之前，这枪实际上就归我所有。我知道枪该派上什么用途，因为刚在读一本书（记得作者是奥森道夫斯基[1])，书里描述在反革命战争末期，俄国南部的白党军官，闲得无聊，如何发明了种种危险的游戏来逃避烦闷。其中一个把一发子弹装进左轮手枪，让同伴对着他的脑袋扣动扳机。这样，存活的概率就是五比一。

人很容易忘记自己的感情。倘若我写的是个想象中人物，我可能非动用制造逼真效果的手段不可，写他如何拿不定主意，把枪放回柜子；隔段时间，躁郁压得喘不过气时，迟疑着又战战兢兢地回去取枪。然而在我身上，一无迟疑：我把左轮枪塞进口袋，下一个还记得的细节是，穿越伯克汉姆思黛德公地，往埃希律奇的山毛榉树林而去。在我打开房间墙角那柜子之前，也许躁郁症已发展到无法忍受的深度。躁郁症跟爱情一样，叫人不可自拔，只是前者更为持久——今天我甚至还时常受躁郁折磨。经过精神分析后多年，我对视觉实物全无审美兴趣：眼睁睁看着什么别人都说美奂美轮的景象，我却没有一点感觉。我成了固态物质，就像化学溶液里的负片。里尔克如此写道："精神分析于我只是最初级的东西，说是帮你一劳永逸解决问题，澄清你的头脑。哪一天，我发现自己终于被'澄清'，可能比本来的混沌更加无助。"

袋子里装着枪，我觉得总算偶然间找到了最佳的治疗。不管用什么方法，我反正要逃避。在我的头脑中，逃避总是与公地不可分割地

① Antoni Ferdynand Ossendowski（1876—1945），波兰作家、记者、旅行家、探险家兼大学教授。

联系在一起，所以我这才跑到那儿去。

公地以远是一片宽阔的练马场草地，不知道为什么，被人叫做冷漠的港湾。我偶尔也策马来此。再过去，便是埃希律奇猎场，光滑的橄榄色山毛榉树皮和上一年狼藉的落叶，颜色深得如同古钱币。我慎重选择自己的归宿地，而且我记得没有丝毫的恐惧——可能是因为这么多次自杀性质的行动替这次更加危险的举动已经做好铺垫。那些行动被家里的大人看作神经病发作，可我至今仍然认为是完全合理的环境使然。过往出事使今天要做的事一点不显奇怪，我把一颗子弹推上膛，然后把枪执在身后，转动左轮。

我可曾恋恋不舍地想到爱情？肯定想到，不过，我以为想到的只不过是帮你把吞下苦药这事弄得容易一些罢了。在我看来，有时不幸的爱情正是驱使男孩自杀的原因，可我这不是自杀，不管验尸官陪审团怎么说。我这叫赌命，要不要验尸的概率是五比一呢。我迟早总要发现的是，冒着全部丧失可视世界的危险，结果有可能再次享受这个世界。

我把左轮手枪的枪口插入右耳，扣动扳机。只听得轻轻的咔嚓一声，我低头一看，子弹已转入击发位置，只差左轮再一转我就没命了。记得当时有一种超常的狂喜，就像黑暗萧疏的街上，嘉年华的灯齐齐点亮。心脏在胸膛怦怦乱跳。生命似乎包含了不可数计的可能性。此情此景居然有些类乎青年男子首次成功的性事——就在埃希律奇的山毛榉林里，我通过了成年男子的考验。我回家去，把左轮手枪放回到墙角的柜子里。

这样的冒险，我重复了多次。每隔相当长一段时间，我就会急需这种药物来刺激肾上腺素，甚至在回牛津的时候，我把左轮手枪也带去了。我会从黑丁顿出发，沿一条如今已成为主干道的小路，向艾尔斯斐尔德走去。现在这条路平坦，拾掇得像公厕发亮的墙壁。而在当时，那只是泥水浸泡、鲜有人迹的乡间小道。左轮枪猛地抽出放在身后，弹仓一转，在黑糊糊的冬日树下，神不知鬼不觉地飞快把枪口塞进耳朵，扣动扳机。

可是，药物渐渐不起作用了——再也没有第一次的那种狂喜感觉，惟余短时间直截了当的一通刺激而已。简直就是爱情和肉欲之别。感觉钝化的同时，责任感倒变得越来越强，令我不安。我写了一首蹩脚的自由体诗(之所以选用自由体是因为这比较容易直白表达意思，而不用文学性的模糊语言)，描述为了给自己一种虚拟的危险意识，本人如何“扣动一支我已知道是空枪的扳机”。这首诗，我是长留在书桌上的，以便如果赌命失败，诗可作为毋庸置辩的铁证，证明事情纯属意外；我还想到，这样父母会觉得我是死于戏剧性的模拟，而非自裁——或者说令人难以置信的真相，从而心里好过一些。（直到我彻底放弃赌命游戏之后，我才写其他的诗，说出事情真相。）

1923 年圣诞节，我回伯克汉姆思黛德，这一回算是永远告别了这种刺激药物。我第五次顶子弹上膛，这在我思想中相当于针对死亡的赌注赔率。此时我才意识到自己居然已经完全安之若素：扣动扳机竟像吞片阿司匹林一样那么随随便便而无动于衷。我决定给左轮手枪第六次也是最后一次机会——既然枪有六个弹仓。我把弹仓转入枪管，第二次把枪口对准耳朵，接着便是熟悉的空弹仓转动的咔哒一声。刺激药物的试服到此为止。我走过公地，沿城堡废墟旁的新铺的路，经过沙砾地上老火车站的博朗罗男爵私人专用入口走去，这时头脑里已在忙着设想其他计划。一场战役结束，可是对付躁郁症的战争必须继续下去。我把左轮手枪放回墙角柜子里，然后下楼，用娓娓动听的方式告诉父母，有位朋友邀请我同去巴黎。

我必须设法离开这地方，不用每夜再呆坐着听天花板那儿传来已经耳熟能详的脚步声，而肉体的全部奢望只不过是周六夜晚的“蹦啊蹦”或者是暗中在教室里手忙脚乱的几分钟亲热。情敌这就从亚速尔群岛回来，家庭教师就要嫁人，在又一个夏天长假之前，辞职他去。爱情的全部插曲持续不足六个月，可是时至今日印象之中似乎绵长如同我的全部青春。左轮手枪自此再没诱我去碰上一碰，可夜间常会入梦：我对敌自卫而举枪，却发现子弹老是脱膛而出，开枪射击但打不死对方。同样，俄罗斯轮盘赌以某种形式成了我后来生活中的元素之一，譬如一无非洲经历，我却可以做荒唐事，不计后果地跋涉利比里亚。出于对厌烦郁闷的恐惧，我在宗教迫害高潮时，去了墨西哥的塔巴斯科[①]，去了刚果的麻风村，在茅茅叛乱时，去了肯尼亚的基库

① 详见作者所著《权力与荣耀》。

尤人保留地，形势危急时，去了马来亚，后又赶赴进行反法战争的越南。在那些地方，特别是后面三处隐秘战场，害怕受到伏击的心理，对我来说，其效用并不亚于墙角柜子里的左轮手枪，确是对付毕生躁郁症的良药。

第七章

1

我在巴黎只待了十天，虽说那是我首次出国旅行。克劳德·考克班恩和我在牛津双双成了共产党的预备党员，我持有党证，上面贴了三四枚六便士的印花，代表每月缴纳的党费。那是个小小的党支部，尽管工作范围涉及学校和全市。依我看，党员也不过六七人而已。克劳德·考克班恩和我，其实没有一丁点儿的马克思主义信仰，之所以入党，也就是因为那种有朝一日掌权的不着边际的想法，另外入了党也许可免费去一次莫斯科和列宁格勒，这两座革命之后六年尚不失浪漫主义吸引力的城市。我俩这种功利的动机，几乎一下子就被人看穿了。那是位一味较真的澳大利亚人，拿罗氏奖学金的研究生，比我们年长多了。于是我们不久就不去开会了。①不过党证我还作为纪念品保留着。举着党证，我去了在巴黎的共产党总部。那儿的人听我这口蹩脚的法文，又见我如此年轻，莫不困惑重重。不过，那天晚上，我还是应邀去参加了梅尼蒙丹某处的一次会议。工人聚居区全是头戴蓝色钢盔的警察和手持步枪的机动卫队。然而那会议实在无聊，累得我够呛。没完没了的海外支部来信，在欢呼声中一封封读出，一会儿之后，我终于溜了出来，乘地铁回到特龙谢路的旅馆，去读那部大开本的蓝皮《尤利西斯》。这书大得像一本电话号码册，是到巴黎的第一天，我在西尔维娅·比奇书店买的。多年以后，在写《这是战场》时，我用上这次会议以及会议给人的无能为力的感受为题材，有失公允地写到伦敦共产党的一次集会。

惟有这次经历，使我的巴黎之行与1920年代任何一个来此的其他年轻男子有所区别。除此之外，我去巴黎赌场看米丝廷叶特表演，去马约尔演唱会看丰乳肥臀来刺激自己，然后行经玛德琳区，回到特龙谢路二等旅社充满尿臭的小房间。那时的玛德琳区名副其实地被上了一定年纪的大妈式妓女包围。这些女人在我经过时朝我大叫。我胆小，不敢跨出实验的第一步，同这样的女人交媾。再说她们都已是残花败柳，没法跟马约尔演唱会的姑娘相比。阻遏我的绝不是道德感。道德随着年龄增长那种可悲的见多识广而来，与此同时，好奇心惟有凋败。

算得上体面的冒险机会倒也有过一次，在给母亲的信里我不无虚荣地提到：至少有人认为我已足够成熟，可以谈婚论嫁了。“此刻我正处于惊慌失措状态。我刚跟人用法语谈了足足两个小时（我想对我是有好处的），对方是这家旅馆里的一位上了年纪的法国太太。她

---

① 原注：生活中富有讽刺意味的事实：考克班恩和我当时都根本不倾向于共产主义，可是若干年后，他成了一名党员，而过后又退党。三十年之后的我，经历了法国的越南战争，又领教了美国人在那儿的政策，比之以前任何时候都要亲共。当然看着俄国模式的共产主义，现在对此越来越没有好感了。

有一个我未见过的女儿。这位做母亲的，我也是今天早上才认识。此人用最不加掩饰的骇人方式四处做媒。说到女儿的品格和相貌，那真叫巨细靡遗，甚至还坚持要我今天下午就会会这姑娘，回国以后从英国同她通信。这女人的莽撞无礼简直厚颜无耻。我向你保证，我可一点没有怂恿她寻根刨底打听我日后前途如何的意思。好像我要向她那该死的女儿求婚似的！她居然还自白，说是女儿比她本人要安静些，胆子也小些。谈话最后，当她离开房间之际，我已彻底蔫了，就像被蛛网捕获的一只可怜的苍蝇，动弹不得，谁会料到她还要扔下唯一一句用英语说的话：‘叨扰了，不过你要知道——我可是做“娘”的[①]’幸好我星期三就要离开。她总没法让我在三天内求婚吧。话说回来，这人什么事情做不出来，只有老天知道。”

2

失恋加上欲望不得发泄，为把思想从这两者转向别处，巴黎之行并不成功。俄罗斯轮盘赌业已失效，回到牛津之后我只好代之以酗酒。将近一个学期的时间里，我每夜酩酊大醉上床，早晨醒来必是接着喝。第一学期过去以后，我不再去听课，心想听课还不如自己读书。如今，虽然离开最后大考，只剩下一两个学期

① 原文mozzer，法人不善发/th/音，以致误读。

了，我只需每周一天保持清醒，那是因为要读篇论文请导师指教。

学期结束时有一种叫做“握手”的仪式，届时每个学生轮流坐在大桌一边，面对两位学院院长，听指导教师评论该生一学期以来的学业。我是由两位朋友罗伯特·司各特和乔治·惠特莫架着，勉强保持着脚步平稳，走过四合院，一直走到门口的。我瘫坐在坎讷茨·贝尔旁边的椅子里，面对着两位院长。我不觉得两位大人物会犯疑，在如此重要的场合，一个本科生居然一大早会喝得醉醺醺来亮相，两位很可能把我这种与众不同的模样归咎为紧张吧。指导教师一下子看穿我的醉态，幸好还有点可怜我。坎讷茨·贝尔和那位院长（人称“滑头”[①]）可说是两个极端，而且彼此均无好感。“滑头”院长老招惹一帮小伙子在身边，都是因为长得帅，要不，就是至少从表面看，有些同性恋倾向，这才吸引他。贝尔的学生全是不惮冒犯他人的异性恋者，而且像他本人那样，都爱狂饮啤酒。所以，贝尔以高超的手段，一手导演了本来可能玩砸的握手游戏，本人居然安然无恙地给交还到朋友手中，而这时他们已叫来一辆出租车等着，过后又轻手轻脚把我当做一件易碎物品装上开往布莱奇利的火车。从那儿转车去伯克汉姆思黛德，要等好长一段时间，够我醒酒的了。不过，我还是有理由感谢酗酒那段经历：酒使我头脑增健，肝脏经得起折腾。“米特拉

① 疑指 Balliol 学院院长 Francis Fortescue Urquhart（1868—1934），参阅下句：The nickname Sligger, by which he was generally known after about 1892, was derived from ‘sleek one’ through ‘slicker’.

梯，他到老才死。”[①]

3

今天回顾当年，我的牛津岁月似乎颇有一点匪夷所思的地方。当然，我的经历不会令人回想起纽曼[②]，或联想到《旧地重游》[③]起始几页，倒是也许更接近于麦克林和金·菲尔比[④]在剑桥……

1924年初，发生一件小事，发展到后来可能演变为谍报活动。我当时读了一本吉弗莱·茅斯关于德国被占领区的短篇小说集《战败》。茅斯描述了法国当局试图在他们的占区，从摩泽尔河到莱茵河，建立一个分裂出来的帕勒泰恩共和国。德国罪犯从马赛和其他港口被遣送至此——都是关在法国监狱里的皮条客、老鸨、小偷之类——来支持与法方合作的德奸。其中一人位至新政府部长之尊，却曾是服刑囚犯。法军出动，逼着群众后退，手无寸铁的德国警察被揍

① 指本都王国国王米特拉梯六世，此人每日小剂量服毒，以求适应，以致最后于罗马人侵时服毒自杀不遂。此句是古罗马时代传下的老话，后世，如 A. E. Housman 等，多引。

原注：我想定是在这段昼夜醉酒的时期，我无意中得罪过一个人。这敌人几乎在二十年后极不寻常的情况下才露峥嵘。1942年，我去利比里亚和法属几内亚交界处附近的塞拉利昂的凯拉洪，目的是联络在利比里亚的一些美国传教士。那些人有一台无线电发报机，可能对于我们监视维希法国边界活动有用。凯拉洪的地区专员毫不掩饰他对我的极度厌恶。那人的敌对态度十分暴烈，于是我不得不要求上峰检查他的邮件。他发回国去的信件中竟全然不顾保密规定。我到今天仍旧一无所知，咱们两人当年在牛津的贝利奥尔学院是怎么结下的仇。

② 原文不用第一名，疑指老前辈 John Henry Newman，“牛津运动”的始作俑者。

③ 伊夫林·沃所著，中译本亦作《故园风雨后》。

④ 1930年代为苏联克格勃收买的英国间谍，与其他几人有“剑桥五君子”之称。

得失去知觉。惟有英美两国政府的反对，才使这场人称“左轮枪下的共和国”闹剧收场。可德国人都怕，随便什么时候，“自发的”群众浪潮又会卷土重来。

我这人很容易被残暴行为所激怒，即使事不关己，同时又喜欢经历一点小小的危险，于是便给设在卡尔登花园的德国大使馆发了封信，自愿充当他们的宣传员。《牛津观察》完全由我掌控，因为我是编辑；《牛津纪事》这份市报，我也是投稿常客，即使发表的只是价值五先令的爱情诗。

没想到德国人立即就做出反应。某日，天刚擦黑，我回贝利奥尔学院自己的房间，发现室内的扶手椅上坐了个人，唯一的那瓶白兰地差不多给喝了个精光。不速之客是个金发胖子，见到我便站起身，自我介绍：“冯·伯恩斯托夫伯爵。”此人是德国大使馆的一秘，追求奢侈，喜欢男童，是索霍区阿契街名声不好的阿比西尼亚俱乐部的常客。谁也不能预见，在赘肉的褶缝中竟藏着位英雄。上一次大战中，是他启动了一条犹太人从德国往瑞士逃离的路线，后在柏林的莫阿比特监狱遇害。

此后的生活似乎与德国人结下不解之缘：美貌的冯·伯恩斯托夫伯爵夫人；那位在我处拉下一只香气扑鼻手套的外交官的表妹，手套使我青春期中的香闺纪念品又增加一种；一位头衔长而复杂的青年男士，据他说自己的家族史比之普鲁士霍亨索伦王室更为高贵，渊源也更久远；P上尉，行踪诡秘、干瘪瘦小，脸上留着伤疤，此人的全名已被遗忘。当年，P上尉不定期来访，宛若有人时时入厨来看一看炉上的水烧开没有。如今我本人已在特工部门工作，我觉得当时本应一下子就嗅出此人定是个情报官。终于，有一天我去了卡尔登花园，冯·伯恩斯托夫伯爵给了我一个纸包。他吩咐我把信封烧掉——我当然不听他的，而是把信封当做纪念品保存了若干年。封袋里有二十五英镑的钞票——用这钱沿莱茵河和摩泽尔河度假两周绰绰有余。

父亲把这事看得很严重，告诉我霍尔丹勋爵的前程如何被他对德人友好过度所毁。父亲主动提出，我若要度假，钱由他来出。我知道他的财力不允许他如此慷慨，便谢绝了他的好意。我争辩说，自己不会步霍尔丹勋爵的后尘，更不可能达到他那样的显贵地位。

我邀请克劳德·考克班恩同行，到了德国以后，堂弟图特再来加入，因为克劳德和我都不会说德语。我们是乘坐便宜的轨钩[①]火车旅行的，正当我们坐在开往哈利奇的包厢里，乐不可支地谈论免费度假和德国外交官轻信的特点时，身边突然多了个因决斗脸上留下伤疤的瘦子P上尉。谈笑声戛然而止，我们赶快装出他们要求我们做到的样子，个个都在认真观察周围动态。渡海时，尽管服了玛德西尔晕海宁，我还是晕得厉害，可再也没见到P上尉——想来他也在晕海。

假期中一路无话，就是在科隆旅馆有一大堆介绍信等着，要我们去见各种人物。我们见了一位名叫沃尔登海姆的男子，是德国人民党

① 属陈旧的GESTRA系统。

的政治组织者。又见过一位产业巨子亨宁斯博士，他在科隆郊外拥有一家印染大厂，还请我们去莱沃库森吃了一顿足以撑死你的大餐，一边则鼓舌如簧地大谈德国挨饿。

科隆之后，我们去了埃森，住在克虏伯私家酒店，享受着貌似简朴的奢侈。来到新近为法军占领的鲁尔，“有一种遭到人人憎恨的舒爽感，”我在给母亲的信中这样说，“鲁尔不期待旅游客，依我看，所有外国人都被认作法国军官。晚上，我们去了一家歌舞酒吧，在此更不受欢迎。一个裸体的胖歌女表演一段象征德国被铁链束缚的舞，最后自然是她挣脱锁链获得自由。”我至今仍记得埃森的多数工厂工人罢工，一股山雨欲来的气氛：街灯昏暗，三三两两痛苦沉思的人群。我们决定玩命冒险，也来它一次《三十九级台阶》式的惊险活动。

在波恩，一座外省的大学小城，我们以一天半个克朗的租金，住进一家建于1649年的小客栈。夜里，在河边，因为在科隆时军队暴行的故事听多了，我们就跟在一队浑然不觉的塞内加尔籍士兵后面，希望看到强奸场面，结果失望而归。摩泽尔河畔的特里尔，是分裂主义独立建国运动的中心，裹着头巾、身披大氅的阿尔及利亚骑兵懒洋洋地在罗马式拱门下游荡，但没有刺激性事件发生。当地一名编辑告诉我们，说是从特里尔发出去的信，封封都要经法国当局检查。于是我就给自己写了封信，写明“《牛津观察》编辑收”。信里写到一些臆想中的法军暴行，还提到我们离开当地的日子和要乘坐的火车班次。可是并无士兵在月台上逮捕我们，这封信也未见有人拆过而安抵英国——检查信息真伪的有用的教益。

只有在海德尔堡，在占领区之外，我们持有的介绍信方使我们碰上一位有意思的人物。那儿有个名目堂皇的帕勒泰恩流亡者赈济会的机构。我们在此碰到一位身穿灯笼裤的和蔼可亲的中年人，名叫艾波赖恩博士。他坦率地对我们说明这个机构的真实目的。原来他是干绑架的。他募集青年，飙车过边界，进入法占区，抓来跟法国当局合作的市长和其他官员，捆绑着拖回德国，以叛国罪“审判”他们。

当年，希特勒的大名尚不为人所知，艾波赖恩博士的冒险故事深深吸引了我，让我对未来局势有了点概念。回国之后，我写信给伯恩斯托夫伯爵，提醒说要向占领区的秘密民族主义组织划拨资金，可能会有困难，而一个牛津大学的本科生当信使，鲜会引起怀疑…… 耽搁几天以后，伯恩斯托夫回信了，说眼下提供经费不成问题，不过柏林的“朋友们”问，我是否准备重返法占区，与分裂主义的领袖们取得联络，探得他们未来的计划。我既激动，又不无自豪地读完信，因为自己已从宣传晋升到谍报工作。一个十九岁的男孩足以为此陶醉。不过，直到今天我还弄不懂，那年月应该是非常注意保密的，我们双方居然都那么轻率地把机密形诸笔墨。

换了在今天，我准会对自己服务的目标有所保留，可在当时那个年龄，随便什么势力都可雇用我，只需让我尽享刺激，再加上一点儿冒险。同时我还有一种见解，即每个小说家都与间谍有某种共同点：

他观察，谛听他人说话，寻找动机，分析性格，而为了促进文学事业，可以肆无忌惮，为所欲为。

1924年秋季的那一学期，我过着一种反常的精神分裂的生活。我接受导师指导，在卡迪那酒吧喝咖啡，写出关于托马斯·莫尔的论文，“从独树一帜的资料来源”研究了1688年革命，去“普通人”和“美人鱼”[①]朗读对诗人的评论文，在辩论联盟参加辩论，与朋友一起喝个一醉方休，然后，“在明暗莫辨的晦昏里穿越一两步，从那一头走出来，便是小说”[②]。在那儿，另外一种生活开始。我不但跟那位已同另一个男子订婚、自己所爱的女人通了最后几封信，还写出第一部从来未得发表的小说，那是一个出生在白人父母家的黑人孩子的悲惨史。同时，我还与伯恩斯托夫一起筹划谍报活动。那一段时间，生活中不断有德国人不经通报就闯来，从帕丁敦车站来此一日游，在我房里喝酒。父母对于我的活动都不起疑，只是牛津最后一年中我的社交生活，肯定有些出乎他们的意料。“从柏林外交部来的那位先生，”我写信告诉母亲，“真是有趣极了。真正的战前普鲁士人，不过有个迷人的妻子。在城里，他们去了报春花山顶，看了《圣女贞德》和《白奴》[③]。‘你必须看所有不同类型的戏，这样才会对所有不同阶层的人产生同情，惟有如此，你才能控制他们，同时有助

① 原文为 the Ordinary 和 the Mermaid，查而不得，疑为社团名称。
② 从罗伯特·勃朗宁《再说一句》诗中引来。
③ 原文 White Cargo，疑为表演旧时将前科犯人、街头流浪儿、妓女等贩往北美的戏剧或影片。

于研究他们的弱点。’他请我在迈特高级餐厅吃午餐，我觉得进餐过程中，他就一直在努力发现我的弱点。然而，臃肿肥胖是他的弱点，我领着他以特快列车的速度参观牛津，简直把他拖垮而任我摆布了。”父母会不会意识到他们的儿子跟稀奇古怪的人厮混在一起？

同时，我向诺森伯兰公爵办的一份名叫《爱国者》的右翼杂志发信，因为杂志支持分裂主义的共和国，我表示愿意做他们驻德国特里尔的特派记者。由于我不要他们付钱，兼之发信地址又是令人肃然起敬的牛津贝利奥尔学院，对方欢迎我写稿，只要我，对方直言不讳，代表一种观点，也就是他们杂志的观点。我接着去信驻伦敦的法国使馆，告诉他们我将代表《爱国者》访问特里尔，使馆方面如能给我开出一些介绍信，自将不胜感激。待到我以足够老练的手段把一切安排停当，道威斯计划出笼了，给了我当头一棒。那时协约国在瑞士某处旅游胜地开会，达成了协议，作出各种保证，这样，一个被招募进谍报行业的微不足道的新手就此被告知住手——他的服务已经不再需要。我在牛津北郊一位老处女那里学来的全部德语，顿时成了无用之功。

我常问自己，要是自己的计划不曾胎死腹中，事情会怎么样。谍报工作自有其他行业无可比拟之处：对一些人说来，这是项兴趣所系的副业，带有无涉是非荣辱的纯粹性，与雇佣关系甚至爱国与否的因素全无关系——为谍报而谍报而已。此时的我已开始不甘心于光光搜集事实和传闻，然后向某一独家提供；双重间谍的主意已经萌生。

我想到，自己固然肯定要搜集雇主感兴趣的情报，即便我必须缴出的答卷，对法国当局也有价值。过去，我曾对战败的德国抱有真诚的同情，可在莱沃库森大啖以及特里尔编辑的连篇谎话之后，这种同情顿作烟云散。德国不再需要我的服务，这也许是幸事，因为双重间谍毕竟是凶险莫测的生涯。

第八章

1

人上七十，此后的岁月便成了借来的时光。也许直到此时，没有哪一年比你结束正规教育，并开始寻找职业，从此对未来负起个人责任的那一刻，带有更多的不祥预兆。父母给了我力所能及的一切，甚至更多。[①]如今轮到我自己做主了，其他人，就连牛津任职就业委员会，也帮不上多少忙了。我竟陷在一个念头中不能自拔，老是权衡选择去哪座监狱服无期徒刑，因为非此，一个二十岁的人如何前瞻跟自己的生命本身一样漫长的职业生涯？要不，充其量想想囚犯终被释放那可怜一刻，因为表现良好，给你一份年金？

“我刚申请了一艘大西洋越洋大海轮上助理编辑的空缺[②]，”我在1926年1月写信告诉母亲，不过自从离开牛津之后，此前求职已屡屡失败，六个多月以来其实就是失业，这次申请只不过是胡乱一搏。我甚至记不起对方有没有回应。

毕业终考前的最后一个学期，为了选择未来，已经是挫折不断。我不认为加入尼日利亚海军的旧梦能助我走得多远，可我步弗勒卡[③]去地中海东部地区进领事部门服务的后尘，通过了口试，虽说最后并未参加考试，因为正儿八经的考试前必须花几个月的工夫请人指导法语。当时我对弗勒卡的有几首诗极为欣赏，时常想象自己跋涉在前往撒马尔罕的黄金之路[④]上，处身在一家大篷车客栈，或是在中东某个海港，坐在风中擦刮出声的百叶帘旁，充满自悯和怀旧的离情别绪：

“一半是为了忘却流浪的苦倦，
一半是为了记住逝去的岁月，
魂牵梦绕中，我回到故园！”

我何去何从的风信标越来越往东方转动。这儿，那儿，我到处求职……

譬如说，亚细亚石油公司曾有过面试，那是我叔叔，巴西认股代理行的首脑，从中推毂的结果。他曾向代理行的经理为我说项。不幸的是，面试那位考官完全了解我在牛津发表的一部诗集，并认定我的倾向性很成问题。他说，替亚细亚石油公司干事的，不可具有公司以外的利益考虑。我费尽唇舌，向他说明，那部小集子只是青春期的出

① 原注：我从牛津毕业回去时背了以当时标准看是足够沉重的债务。我对父亲撒谎说是一百英镑，老人家几乎一无怨言就替我偿还了——其余的欠款我是工作了一年半之后才慢慢还清的。
② 关于越洋海轮出书，可参见http：//www.roblightbody.com/liners/。
③ 指 James Elroy Flecker。
④ 原文 Golden Road，疑为作者对 Silk Road 之误记。

轨而已，如今的我已变成熟，过了痴迷文学的年龄，唯一向往的只是在商界事业有成。我发现所有的解释都不起作用时，便向母亲进言，大哥赫伯特像是患连环流感似的老是失业，何不去那家公司看看有无空缺——至少他没发表过什么作品而变得不受欢迎。①

我一直演戏似的与经理虚与委蛇，可我想跟过去一刀两断的愿望并非全是假的。我明白，自己永远成不了诗人；连写作这样的事，也总要和不美满的爱情联系在一起；牛津求学期间我写的第一部小说无人问津。我这人只要逃避自我，戴上什么面具都无所谓，所以这时我还半心半意地胡思乱想，揽个比亚细亚石油公司和远离撒马尔罕的更不济的差事也不错。兰开夏保险总代理行在牛津开了一家分行，经理为人和蔼可亲，蓄一撇银色的八字须，人称海力斯上尉，时常邀你去免费喝上一杯，说个不正经的笑话。此人受人欢迎，更是因为他有位身材丰满的金发秘书，当老板走开一会儿时，会对你发出各种可能任你胡来的暗示，包括去巴黎过周末。海力斯上尉主动提出，我一毕业，他就给我一个年薪350镑的工作，佣金另算。至于佣金，那位乐天派上尉说，总在800镑之谱，可我不大相信……我想，我同此公和他的女秘书像是冥冥之中肯定事先有过联络，这才会在《牛津观察》上向读者兜售考试不及格的免费保险。读者只需填写第37页上的抵款券，如果考不及格，就可免费在牛津的一家餐馆享用一顿二人的香

① 原注：多年以后，他还真出了一本真实性非常可疑的书，叫做《在西班牙的特工》——这类书几乎成了我们一家人的专题。

槟晚餐。我想对于我所冒的风险，海力斯上尉准是给我上了保险的。“自然，晚餐的主要吸引力，”我在家信中这样写道，“在于两性共享。头脑简单的女性素有长得貌美的名声，这一点是不应忽略不计的。”

毕业大考来而复去，未来仍然悬而不决。我好不容易在现代史课上得了个马马虎虎过得去的第二名，唯一折桂的竟是知识最少的政治学。不过，我记得我赢得贝利奥尔的奖优金是靠了埃兹拉·庞德的一首诗，还因为我用心背熟了几段非必读作家的文字——桑塔耶纳就是其中之一——这些段落包含一般的理念，妙思稍动，足可用入几乎所有要我发挥的文章。另一巨大帮助来自我们常在圣诞节玩的游戏“名词和问题”。玩这游戏时，众手传纸，一人在纸上写下一个名词，然后折叠，不让他人瞧见。另一人写下一道问句。所有的纸片如洗牌般打乱，然后大家从帽子中抽取。玩游戏的人必须用诗句回答抽到的问题，同时用上纸上名词。试设想，你如果曾抽到“摩天大楼”这么个名词以及“莎剧人物中你最喜欢哪一个?”这样个问句。与这样的游戏相比，把桑塔耶纳藻绘《哈姆雷特》的一段文字，插入马基雅弗利的《君主论》，还不是轻而易举?

我不曾进兰开夏保险总代理行工作(当然，虽说我曾推举赫伯特去那儿找个合适的空缺)，倒是给自己在英美烟草公司找了一份两个星期的差事，预定两个月内有中国之行。

从一开始，我对泰晤士河旁的这座混凝土大石板式的建筑心存畏葸。穿制服的门役像是某个外国的军官，要你出示身份证明；电梯里，几位中年男士怀揣档案，那小心翼翼的样子就像是抱了个婴儿。面试我的那位经理（我记得此人名叫阿契鲍尔德·罗斯），像个身穿便服的高级军官，说不定是位准将级人物。他穿着得体：资本家的深色服装，配上打得端端正正的蝴蝶领结，加上修剪齐整的唇上须。他说起话来，就像是在跟年龄和地位同等的人那样温文尔雅。他完全可以去当个出色的情报官，而当我写作这会儿，我几乎可以肯定，不管关系如何疏远，此人定属特工部门无疑。处在他这位置的人，招募并控制去中国腹地活动的下属，几乎不可能不跟“百年老店”发生关联。可能正是出于这个原因，他对这份差事的具体要求并不刻意说得非常准确。只要保证达到目的，可以不计手段嘛。

“我要大学生，”他说话的语气与亚细亚石油那位大不相同，“因为他们兴趣各不相同，又耐得住寂寞。”这是他经过挑选挂上鱼钩的最佳蝇饵。他又说，在条约港口城市上海待满一年之后，我将与另一位同事被派往内地某个工作站。进公司不久，我便发现此公所述两大事实不确。在上海办公室，我至少服务三年，或许要求更长的时间。其次，薪俸是360镑。由于我对牛津某位女士感兴趣，对我说来，关系更为重大的是，任职后的头上四年不得结婚，过后要想成家，必须得到经理层的准许。要是进公司不满一年便想跳槽，不但回程旅费得自掏腰包，就连来程费用也得还给公司。

接着，我就立即上班——如果那也算上班的话。我被带到一间大教室似的办公室，屋里是一排排的书桌。我觉得自己仿佛又回到了学童时代——只不过六年级阅览室里那张宽大的桌子，跟眼下的写字台一比，显得何其具有文化底蕴。为使与学校之比更进一层，公司新手，差不多半打人的光景，全给安排在前座。我今天只记得他们中的两位。罗斯先生的鱼钩捕住另一个大学生，来自剑桥，是板球校队队员，可最后也没捞到个学位。另一位就坐我旁边，曾是加地夫的一名银行职员。他老是没完没了找人玩画圈打叉的“井字”游戏，最后的赢家总是他。对于摩托车，他也同样精通。我的导师坎讷茨·贝尔在推荐信中说我“善于同各种人打交道”，我努力使自己不负他这一并不真实的佳评。可是“井字”游戏很快就让我腻烦了。我买来两本纸面《中文自学课本》，试图让邻座有事可做，但我俩进步有限。

新手中的任何人都绝对无活可干。新学童来了，要逼着他们学习，我们完全不一样，倒像是得宠的学生，别人想着法儿要让我们开心。因为定下要去中国，我们属于一个特权班，尽管有时我自觉像享受优渥待遇的囚犯，日后命运如何一定不能让我们自己知道。我们的船票已经预订，同事忙着画“井”字的同时说：“坐船旅行途中，我们可以大玩这个游戏，不是吗?”听到这话，我的心猛地一沉。紫禁城、义和团叛乱以及基尔森上尉《消失的纵队》带来的兴奋，全从我的想象中褪色，代之以躲不过去的讨厌的“井字”游戏。也许我跟他两人会始终被铁链拴在一起，不但在船上，不但在上海外滩，还在内地的工作站里，而初闻要去内地工作时，我还曾觉得一定非常惊险有趣呢。

没有公事把我们的注意力从谜一样的未来转移，他们就要我们大家读材料，帮助我们消磨慢慢悠悠的办公时光。那都是大开本的账册，在那些流水账项目中偶尔也会跃出惹人注目的内容："为埋葬发现死在办公室台阶上的苦力……为蒋介石委员长儿子二十一岁生日，收音机一台……"

下一周，我们计划要去利物浦工厂一个月，从早晨八点到夜里七点，观看香烟的制作过程。年龄较长者中间有些人见多识广，知道往烟草中掺加的异质物是什么。可我个人实在看不出工厂考察有什么实际意义，因为我们今后毕生的工作是只管香烟推销，而非制作。

我去见了阿契鲍尔德·罗斯，跟他提出我的疑问。他有点不耐烦了。你啥也不做，每周付你五英镑，还要怎样！干还是不干，是该打定主意了。（我差一点没把自己的差事让给哥哥赫伯特。）接着，我便回到切尔西的住所，试图接着写我的第二部小说——对于第一部，我已放弃所有希望。

当时对我影响至深的是康拉德，尤其是他师从亨利·詹姆士时写成的最危险的那部《金箭》。本人小说的情节早已遗忘殆尽。反正背景是19世纪的伦敦，那时，因为西班牙卡洛斯内战外出的难民，都集中居住在莱斯特广场周围。一位英国青年卷入了他们的阴谋。自然，书里少不了一位女士，性格浪漫又面目不清，犹如康拉德笔下的唐纳·吕塔[1]。这第二部书写起来比第一部更加吃力，原因是希望陡减。我怎么能放弃从商的机会？正是这种机会本可使我逃避执着的痴迷，老是要把想象中的人物写活。我去牛津过周末，把自己的疑虑私下告诉别人，又订了婚，给阿契鲍尔德·罗斯发了份电报，通知他我不再回去办公了。我为自己的怯懦觉得羞愧，可我没有勇气去面对他：我已拿了英美烟草公司的十英镑，在当时那可不是个区区小数。

又一次，我处于没有前途的窘境。对于每天在大开张、不空行的纸上写下的那五百字，我毫无信心。我对西班牙的卡洛斯革命，甚至对西班牙本身，了解些什么，除了从康拉德作品中读到的？可是三年之后，当我重温西班牙和那段历史时，结果居然令人更加沮丧。书虽然出了，直到今天还没卖出去，你仍可在旧书目录中看到《夜幕传言》[2]。至于避难伦敦的那些人，我唯一的资料来源只有卡莱尔的《约翰·斯窦灵的一生》，而我怀着兴趣读过的卡莱尔作品中，这又是唯一的一种。

钱成了问题。我找到职业并离家之后，便不再向家里要津贴。老屋已经关闭，全家人去了海边。要么去职业介绍所云集的赛克维尔街，要么就什么都没有。对我那一代的男青年来说，大学毕业找不到

① 《金箭》中的女主角，故事叙述人。

② 对作者试写惊险小说的弱点和败笔，读者可搜寻 Brian Diemert 著《格雷厄姆·格林的惊险小说和1930年代》。

职业，要去赛克维尔街讨生活，无异于早年的人靠典当过日子。在诸多的“男士成衣铺”之中，有家公司，一听那盖比塔斯和瑟林的名字不免使人联想到狄更斯。虽不公平，我会老是想到尼可拉斯·尼克尔贝与独眼虐待狂校长斯奎厄斯间的谈话，正在此重演。

那年月，赛克维尔街颇有些狄更斯笔下那种陈腐霉烂的氛围，沿街两边多的是百年裁缝店，二楼是妓女的租房。盖比塔斯和瑟林(主要的竞争对手叫杜鲁门和纳特雷，同样让人联想起狄更斯)可能曾是某位先朝家庭律师的办公室，金属档案箱里不知隐藏着多少神奇的秘密。进出赛克维尔街的绝非教育界胸怀大志的精英。我还怀疑，年轻人有几个是靠着这儿“合伙人”的帮助才得以进入伊顿或哈罗公学的，而第一级学位的优等生更不需要他们的帮助了。他们只是临时需要些许帮助的人的最后指望，相当于你当掉的不是块表，而是你本人。

要我教书，我有种恐惧感。教师这个职业，一不留神滑进去，就像我父亲那样，就难以脱身了。他原想当一名高等法院辩护律师，也“吃过团伙餐”[①]，只是后来一度拮据，才兼了个临时的教职。他当时是否像我一样，也害怕陷阱就在脚边？我这人不爱做永久性的工作，带着十足的惶恐，我向那合伙人解释说。是不是，譬方说，有什么个别辅导的活儿，只延续一个夏天的？对方露出失望的样子，打开

① 原文为 eaten his dinners，意指英国法律学生在伦敦四律舍的一种经历。

文件夹，并说：对获得荣誉学位的贝利奥尔奖优金学生，开学之后，好机会自然有的是；至于个别辅导，我提出得太晚了，对这样的活儿一般是学期刚一结束，需求量最大(一页又一页，他飞快掀动文档)，对于我这般资质的人，他实在爱莫能助…… 我对这样的活计怕是不感兴趣吧(他用指尖把一页纸挑剔出来)：住在德比郡艾悉沃弗村的某寡妇。找人在假期里照看八岁的儿子。不要求我住雇主家，在一私家旅社给我租了房间，伙食全包，只是不附带薪水。我表示接受。这时，对方既失望又狐疑地看着我——本人的背景定有什么见不得人的地方。

那职位还挺适合我的，因为夜晚全属自己支配，我可以用来写小说。乡间景色怡人，四周奔宁山脉环抱，几头山羊在荒凉无人的坡上徜徉。摇摇欲坠的石墙和偶尔可见的农舍显出一派爱尔兰破败的样子。那寡妇要求不高，并不要儿子过分辛劳。上午，也许补一点算术(我学过的内容其实都已忘光)，十五分钟的拉丁文(我也忘了)，午饭之后做做游戏……我自己觉得教小家伙一点木工技术是个非常不错的想法，虽说我并没有这方面的实践。这人家有个树木掩映的大花园，令我想起堂伯的哈斯暾大宅的那座。花园里有多座户外小棚屋，里边多的是木板箱、钉子和锤子。我建议，咱们来建个玩具剧场。小家伙忙不迭表示赞同：这孩子不太能自己出主意，只会手捧钉子站在一旁打下手。遗憾的是，玩具剧场连基本的雏形都没建成，好在忙乎两天之后，我发现无意识中辛苦没有白搭，建成的竟可算是个兔栏。孩子很满意，尽管他家并不养兔。这小家伙就像他妈妈，从不苛求，一点也不难以对付。

回到名叫安伯维尔的私家旅社，我勤奋挥笔，埋头在莱斯特广场周围的卡洛斯难民群中，直到晚餐时分。但是很快我又感受到腻烦的重压。一次，某个放假的日子，我翻山往切斯特菲尔德走去，去找牙科医生。我向他陈述自己的症状，其实我自己也知道，那是牙床脓肿。牙医用他的小探镜轻击一颗完全健康的好牙，我自然作出应有的反应。“还是拔了的好，”牙医说。

“好，”我说，“但得用乙醚麻醉。”

意识消失的几分钟就像超凡脱俗过了个假期。我失去了一颗健康的好牙，可是至少有一会儿，腻烦的感觉烟消云散。①

唯一仅存的自娱就是注意这些老太太——一帮子乐呵呵的人，坚持在晚饭后做她们其实并不完全理解的纸上游戏。带头的是位上了年纪的男士，据说是“姓氏以B字母打头的名将”。反正不外乎家庭生活已使我习以为常的老一套。家里仅有的另两个年轻人，一个是脸无血色、俚语满嘴喷的男孩，另一个是剪了短发、只求去旅社与人调情的女孩子。两人都用不以为然的目光看待这些老太太，受不了她们。短发女随我去了酒店，店主领我们进了个单间。我俩坐在一张桌子的

① 原注：超现实主义作家安德烈·布洛东一次写信给电影大师让·谷克多：“眼下，我的全部努力倾注于一件事：战胜厌郁。夜以继日，我别的什么都不想。对全身心贡献给这一症状的人，这是不是不可能完成的任务？务必读懂我的意思：我非要看到厌郁的那一边是什么不可。”

边沿上，努力保持着平衡，干巴巴地接吻，然后喝了半瓶苦味啤酒和一杯金青柠，就飘飘欲仙了。小姑娘送我一只刚毛混血犬作为纪念，我准备把它从莱斯特让火车托运到伯克汉姆思黛德，以证此生之灾。后来，这条狗曾在我写的《花棚》一剧中扮演过台外角色。以写《哦，加尔各答》成名的剧界大腕肯尼茨·泰南，出于我至今不解的奥秘理由，说那狗就代表了上帝。时髦的短发女和她的胖妈妈与我同桌进午餐，因为旅社女经理认为把年轻人安排在一起是善意的撮合。胖妈妈非常羞于开口，我对她说话时，总是像受了惊的马那样，嘶上一声。

下午的时光最难打发，因为连装模作样的教课活动都没有。我厌倦了两人捉迷藏，便发明个海盗游戏，要在菜园子墙上付出极大的体力。幸好，我的学生从墙上跌了下来，伤了腿。这样，在那位做母亲的看来，算术是学不成了，于是我就成天给半躺在帆布椅里的孩子读书，而我的第二份工作也就这样慢慢儿毫不费力地圆满告终。家人从海滨回来，起名叫派提的混血犬，在极度惊悸躁动中，由火车从莱斯特运抵。我于是又回到伯克汉姆思黛德这生活的始发点。

2

无所事事地过了三个月。然后，某个雨夜，我来到诺丁汉；翌日，在这座陌生的城市醒来，面临又一个同样阴沉的日子。这不像伦敦的烟尘雾。街道并无水汽，电灯都明晃晃的。雾霭在远离街灯的上方某个看不见的地方缭绕。每读狄更斯写维多利亚时代的伦敦，我就想到1920年代的诺丁汉。这儿的黑狗旅馆，仍有一位擦鞋老仆；从蕾丝行当失业的女工，据说陪睡一夜只要求客人请吃一顿带松饼的所谓“傍晚茶”早夜餐；不专门做皮肉生意的女人抢着拉客，有个脸容憔悴的蓝发妓女因此败下阵来，只好在W · H · 史密斯书店的角落里做了流莺。有轨电车轰隆隆下坡，穿过鹅市场，驶向黑魆魆的城堡。倚山而筑的是英格兰最为古老的酒店，社会指南手册中的分级一应俱全：私密酒吧、高档酒吧、女士专用洗手间、单间雅座、大酒吧。灭灯的小影院放映日场，只要花四便士就可买到正厅前座的票。我发现这座镇子竟像伯克汉姆思黛德那样，令我终生魂牵梦绕，多年后我的一部小说和一个剧本都会以此作为背景。就像多年后我才熟悉的弗里敦那城市酒店，诺丁汉是聚焦我失败之处；任你有天大的雄心壮志，于诺丁汉纤毫无涉；这是个不论好歹你必须随遇而安的地方，远离故乡的另一个家。

第九章

1

我来诺丁汉是为《诺丁汉日志》无偿打工的，因为当时伦敦的报纸一概不收学徒。进办公室时，你得先穿过一道狭窄的哥特式石门，门上已积了斑斑煤灰，就像普友津设计的教堂门。自由派政治家的头像从门户上方伸出，活似哥特式建筑上作为滴水口的怪物。一下雨，格莱斯顿前首相像是在流鼻涕，滴在正进门的我的头上。进门后，上得一部刚容得下两人的老得没牙的电梯，由一根绳索操纵，吱吱呀呀地升往编辑部。

助理编辑们虽不给我今日还能记起的具体指导，对我都很友好。夜班及半时，我们会就足球比赛结果博彩，每人出三便士，赢家负责支付各人的筹码费之后，余额通吃。说不出什么理由，我赌运亨通，所以时常到了八点钟光景，我就有机会呼吸到一点新鲜空气，因为要到一间鱼肆去取筹码。筹码用一份《日志》的旧报纸包起，但是从来不拿《诺丁汉卫报》来作此用。人家可是一份上得了台面的正经报纸。

跟亚细亚石油公司不同，在《日志》编辑部，我发现发表过一部诗作大有裨益。每周一期的读书版编辑，一位卫理会教士，对我另眼相看，有时叫我动笔评论一部小说。《日志》颇以向有文学传统自豪，尽管外界认定报纸低俗，可它至少有波希米亚特质。詹姆斯·巴利爵士一度曾从业这份报纸，而这一事实当年对我的影响可能胜于今天，因为爵士写的《彼得·潘》一直留在记忆中，还有幼年时代看《令人钦佩的克赖顿》时的性萌动。更早一些，不管什么书拿来就读的孩童时代，我还读过他的《小神甫》。那书放在家中餐厅的书架上，用的是典雅的黑布面。（儿童不怕多愁善感。）再有他的《玛丽·露斯》，那是同父母一起看的，曾留下一丝类似存留在抽屉里的诗意淡香，还唤醒了一些深潜心底的感情，要不是心理医师肯尼斯·吕奇芒的帮助，这些感情真还无可解释呢。我的趣味并不追随时尚，不过即使时至今日，我仍觉得他的剧作《亲爱的布鲁塔斯》第一幕，在他不可救药地一头栽进鬼魅横行的树林之前，几可与王尔德的最佳文字媲美。

我此刻也有鬼魅横行和不可救药的问题，那就是莱斯特广场和与之毗邻的索霍区街道。本人小说的主人公正在此游荡，迷失在西班牙难民之中。1820 年代，卡莱尔首来伦敦注意到的正是这些人，只不过地点不在莱斯特广场，而是尤斯顿。我给难民换了个地方，可能是自己对莱斯特信步区以及关张前的帝国音乐厅更熟悉一点吧。而如今，在我的心目中，这些难民又迁移到诺丁汉的鹅市场。“日复一日，春寒料峭，在与他们的故国全然不一样的天幕下，你可见到五十或一百成群的人，那些神态庄重的悲剧人物，大氅虽已残破，仍不失尊严。他们漫步在尤斯顿广场宽阔的人行道和圣潘克拉斯新教堂周围，多数紧抿着嘴。他们只会说几句简单英语，或完全不会；在这新环境中，他们没有一个熟人，什么活儿都找不到。”我不会说西班牙语，难得一见的诺丁汉天空，肯定更加不像他们故国的天。他们如何可能在大开张、不空行的纸上变得栩栩如生？——“大开张、不空行”已经带上不祥咒语的意味。

在诺丁汉过了一周之后，我为自己和小狗派提找到了住所。那是在一排阴惨惨的灰色房子中间，连名字也带着阴惨惨的灰色：万圣新村爬山虎。女房东是个成天嘟嘟囔囔的瘦寡妇，带着个十几岁的小女儿过活。我未来的妻子维雯某个假期的周末来访时，这小姑娘竟从楼上吊下一个棉纱线轴，敲打我在底楼的窗子，来打扰爱侣的幽会。我上班前的傍晚茶几乎一成不变地只吃罐头三文鱼，还同派提共享，无怪狗儿多数时间都躺在地板上生病。阴云密布的早晨，在续写我那本希望缺缺的小说之前，我常带狗去附近公园散步。你如果触摸到一片落叶，准保满手指全沾上煤灰。一次，我请过一位做蕾丝的女工共进傍晚茶，不过她并未因此跟我上床。牛津离我已不只是六个月的距离，伦敦遥不可及。生活和时光把我抛弃，我像是跌进了一个口袋。不过我并不觉得自己不幸。

2

维雯是个天主教徒，可对我来说，宗教除了在学校小教堂里唱唱动情的赞美诗之外，并无更深沉的含义。“今要散离求主赐福”，这首仪式结束时唱的赞美诗表示上帝有时非常仁慈，而充溢着悲情的《求主与我同居》这首，是我极喜爱的。我在学校里唯一得过的奖是个因为“作文想象力卓异”的特别奖项，由一位年事已高的教师为纪念死于第一次世界大战的儿子而专设的。那次还是此奖首度颁发。老师是个极为虔诚的教徒，他为授奖于我而伤心，因为我写了一个老态龙钟的耶和华，天上人星散，只留他孑然一身。

我初遇后来成为妻子的那姑娘，是在贝利奥尔门房发现一张她写来的短柬。她在信里谴责我某次评论电影时，写作中对天主教徒“礼拜”圣母马利亚用词失当，我本该用的词应是“膜拜”。居然有人如此认真对待令人难以置信的神学中的微妙区别，我的兴趣来了。我俩就此相识。这会儿，在无事可做的悠长上午时光，我想到自己如果娶个天主教徒，至少要学习一下对方信仰的实质和界限。只是求个公平，因为她知道我信奉什么——超自然的东西我什么也不信。再说，我想学习可以打发时间。

那天，我带派提散步到乌漆墨黑的新哥特式大教堂——这地方对我有种阴森的魔力，代表着不可思议和难以置信的神秘。大教堂里有个搜集疑问的木箱，我往里边投了张纸条，寻求谕示，然后回去吃我的罐头三文鱼傍晚茶，并看着派提又病。我并没有加入教会的意图。真要皈依，我得先被说服坚信教理是真，而要达到那程度，可能性微乎其微。

不可能性却变得愈益彰显。那是因为一周后我重回大教堂，遇到了屈罗劳普神甫。虽说此后的几星期里，我会越来越喜欢此人，可第一眼看去，神甫符合我私底下最讨厌教会的各种理由：个头很高，大腹便便，宽大的下颏光溜溜的，似乎此人从不需要剃刀。总之，神甫极像皮卡迪利背后小街画铺里常见的 19 世纪那类画中人——周五禁欲的僧人和主教，正撕扯着硕大无朋的龙虾，一边往高脚大杯里斟酒。可怜的屈罗劳普，外表给他抹了黑。其实，神甫过的是苦行僧一般的生活，最让他受不了的是当时的教规剥夺了他进剧场的权利，而他曾是伦敦西区的一名戏子——虽不是明星，也是个饰演二号角色的好手，这种演员有用又靠得住，几乎每部戏里都需要。起先，他皈依了天主教（当年伯克汉姆思黛德的怪物弗赖博士曾说服了他居住在毗邻林肯院长住宅的一家，反对他入教门），后来某种内心的强烈冲动，迫使他更进一步，担负起教职。在他的书架上，神学著作中混杂了许多剧本——要想重返舞台，至多也只能读读剧本过一过瘾了。

神甫告诉我这些，已在几星期之后。他的经历犹如有人把手搭在我肩上，给我警告。“看见了吧，走得太远有危险，”神甫的故事告诫全在于此，“必须非常当心。离你对付不了的深水区远一点。海水多险流，可以把你冲得无影无踪……”屈罗劳普神甫就是这样给冲出好远的距离，可是怒潮并未就此放过他。诺丁汉的天主教界中，他身居要职，是大教堂的主持，在等级森严的教会还有可能得到擢拔，而这种等级制度看重的还是商人那样的长袖善舞之辈。神甫对于可能被他人视作成功的未来，绝非心向往之，只是他所做的牺牲好像还不够似的。我离开诺丁汉几年后，他写信告诉我，他要加入某个修道会了，而那个至圣救主会在我心目中恰恰是最没意思的修道会。那些布道又隐修，成天把地狱说得活灵活现的教士，跟我认识的这位胖乎乎、乐呵呵，又喜爱化妆油彩和谢幕的真实的人，有什么共同点？也许，唯一的共同点就在于他们都想被海浪淹死。又过了几年，他死于癌症。

我认识到自己的第一印象何等失真，在我面前呈现的其实只是一种无法解释的善的挑战，那已是好一阵子以后的事了。我一周见屈罗劳普一到两次，每次听他教诲一小时。我本人也弄不明白，怎么自己会期待跟他见面；有时，他有工作，见面非取消不可，我竟会觉得若有所失。有时，教诲的地点也够诡异——开始时在电车的上层车厢，我随他去诺丁汉某郊区公干，身体摇摇晃晃的同时讨论福音书的成书年代，最后在一座修道院气氛圣洁的松木大厅里研究约瑟夫斯记述耶稣那些文字的意义。

从一开始，我就欺骗了他，瞒过了我要接受教诲的动机，也没说自己订了婚，要同一位天主教徒结为夫妇。开始时，我想我要是说了真话，他会以为我这人太好唬弄，后来又开始害怕倘若我日后真要归宗时，他会怀疑我的真诚。过了几周，经两人认真争辩，上面这个“倘若”越来越多失去了不可能的含义。在威尔士办学的戈尔主教在他那论及宗教信仰的伟大著作中，曾经写到他本人遭遇的最大困难，莫过于相信上帝之爱，而我的头号难题是要相信有没有一个上帝。福音书的成书年代以及曾有一个名叫耶稣·基督的人存在的历史证据，都是有意思的题目，可都远离我不信神的核心。我不是不信基督——我是不信上帝。有朝一日，我被说服，即便牵强相信，有可能存在一种至高无上、全能又全知的力量，那我就认定此后再也没有任何不可能的事情了。就是这种教条式的无神论，使我一而再，再而三地苦斗不止，就像为个人的存活而奋斗。

多年后，朋友安东妮娅·怀特告诉我，说在她父亲的葬礼上，有位看着她长大的年迈教士试图劝她重回教会。最后——主要原因是取悦对方——她说：“那好吧，神甫，不过得常提醒我关于上帝确实存在的种种论据。”神甫沉吟良久，终于承认：“这些论据，我一度都熟知，可现在都忘了。”我患了同样的记忆缺失症，唯一记得的是1926年1月，我终于相信我们称之为上帝的某种力量可能确实存在，只是如今我又觉得上帝这词，因为带有神人同形又同性的联想而不喜欢它，宁可使用法国耶稣会的夏丁所说的“欧米茄极限点”。我的信仰决非来自那些并不令人信服的哲学论据，正是这些论据，被我在短篇小说《访莫林》里讽刺鞭挞。

“喔，”有人会这样说，“一个年轻人岂是训练有素的教士的对手。”而事实是我已二十二岁，刚从牛津毕业，经受过大学的各种智力训练，对于抽象问题的思辨或争论某一史实，当时的能力甚至强于今天。历久的生活经历可能增强你对人性的直觉，可是记忆和联想太多，就好比拖着装得过满的箱子跋涉于漫无尽头的旅途，以至于今天跟我讨论当年我和神甫讨论没完的论据，可能打一开始就会累死人。再怎么烦我，我也不想记起什么——接受就是了。死亡渐行渐近，我对宗教的真伪，越来越不在乎。究竟是最后的启示，还是无边黑暗，欲见分晓，不用等待好久了。

最终入教是在 1926 年 2 月初，本人作出决定则在数周之前，因为那年 1 月我用轻飘飘的语气给母亲写过一信提到此事，虽说信里有大量其他内容：“我敢说你已经猜到，我要了那‘红袍女’①。”这侮慢说法当然全属杜撰，但说明智力游戏到此结束。我已来到陆地边端，若不回头，在前等我的是大海。我是在故作轻松，为的是勇敢面对现实。

第一场全面忏悔先于合格者的洗礼举行，要求个人把以前的生活统统交代一遍，非折磨得你脸面扫地不可。从那以后，教徒可能会对忏悔程式习惯而至麻木不仁，再也没有自信：我们承诺恪守之时，原本可能就是半心半意的，而日后一再忤犯，或是个人私生活的环

① 原文 Scarlet Woman，原有妓女之意，详见《圣经 · 启示录》；后被教会中人用来以红衣主教说事，揶揄女性，故有“Cardinal Men and Scarlet Women ”之说。

境，最终迫使我们再也不可能承诺什么。于是，我们中的许多人便抛弃忏悔，不领圣餐，转而去加入教会的外籍军团，为一座自己已非完全公民的城市而战。不过，首次忏悔时，信徒都真正相信自己的誓愿。我是像驮了沉重的大石一般，走到大教堂空落落的一隅，虽说中午刚过不久，这儿已暗如黑夜。唯一目击鄙人洗礼的是位给椅子擦灰的妇人。我用了托麦斯这个教名——取自怀疑论者使徒圣托麦斯，而非神学大师托麦斯·阿奎那——过后便直奔《诺丁汉日志》办公室、足球博彩结果和大嚼薯条的夜班而去。

走离大教堂时，心情究竟如何，我至今记得清晰。没有一丝一毫的欣喜，有的是阴郁的疑惧。我跨出了第一步，目的在于结婚，可当脚下没了坚实的陆地，我又担心潮水不知会把我带到何方。这会儿，连婚姻都变得不那么肯定。假设我发现自己像当年的屈罗劳普神甫一样，具有出家当教士的愿望……彼时彼地，这似乎绝非完全不可能。只有在今天，事隔四十多年之后，我方能嗤笑这种疑惧多么不现实，可同时又不免伤心怀旧。这是因为疑惧无可挽回地属于过去，我的生活因此失大于得。

第十章

1

在《日志》工作，我既不赚钱，也学不到多少东西。我又开始问父亲要津贴，这笔费用是他难以承受的。一顿顿吃罐头三文鱼的间隙，我决定离开诺丁汉，再一次去伦敦找职业。我以为离开诺丁汉当一无遗憾，那时有谁对我说，对这座城市的记忆，已经深埋在你的想象中，再不会遗忘，而是会像一位女士的照片那样，在以后的四十年里始终与你为伴，我肯定不信他的。这样的女士照，常被人没来由地保存在抽屉里，虽说两人的关系早就终止。

十年后我在一部叫做《有枪出售》的作品里，曾如此写到来到诺丁汉的第一个早晨：

"在诺维奇[①]，那天没有拂晓时分。浓雾就像没有星星的夜幕，笼罩着城市。街上，空气清冽。你大可把时间设想为夜晚。第一辆电车刚从棚子里爬出，开上钢轨，往市场驶去。一张旧报纸被吹起，打在皇家剧院的门上，贴上了就不再飘动。在诺维奇教区的街上，有个老者颤巍巍走过，用根棒子敲打各家窗户。从通衢大街文具店的窗子，可见成堆的祈祷书和圣经，中间露出一张印着字的硬纸，那是停战日遗留下来的，就像大战纪念碑旁一个放了长时间而沓拉着没了生气的黑格罂粟纸花圈[②]，上书：‘低下头，并以战死者的名义发誓你们永志不忘。’”

那印着齐格菲尔德·萨松诗句的硬纸片，我在十一月抵达诺丁汉时，就放在橱窗里了。次年二月我离开时，仍在那里。

1945 年，当二次大战结束时，我开始构思一部关于诺丁汉的小说。我旧地重游，借口是要忆旧，而当时除非绝对必要，是不大有人出门旅行的。我发现城市的根本面貌一如从前，虽说黑狗客栈的那“擦鞋仆”已经不见。我写完小说的第一章，便掉头去写《问题的核心》，可是到了 1957 年又把内容裁剪成一个勉强将就的剧本《花棚》，给了我那条勉强将就的小狗一个台外角色。人狗沿着特伦特河散步，走向河岸的鹅市场，这一幕硬是成了戏里的内容，而“女房东好吃罐头三文鱼”这句台词被我安到某剧中人的嘴里：“我的狗喜欢这食物，不过吃了常闹病。这不是条了不起的好狗——谁生谁养的全不知道。”不管泰南怎么想，按我的意图，派提绝非上帝，只是一条狗而已。

---

① 作者虚拟的城市名，实指诺丁汉。

② 原文 Haig poppies。英军前司令官 Field-Marshall Earl Haig 提倡以纸花代替真花，故名。

未来的岁月里，我仍准备继续写浪漫派的小说，但是当我终于认识到这类小说写了也是白搭，孤苦伶仃的诺丁汉经历重上心头，我祈望从这几个月的生活中找到一个别样的题材。万圣爬山虎带家具的租屋呼唤我回归，正像伯克汉姆思黛德的公地，还有那些废弃的堑壕。在我笔下，那儿成了一位利比多能量超衡的教士的家，此人不像我的外祖父，违背心愿被人剥去法衣。①

从牛津离开之后的日子，过得非常缓慢，就像当年四处可见的一堆堆失业的可怜虫踯躅于街头，伸手乞讨。英美烟草公司，奔宁山中的个别辅导，《日志》时代无所事事的漫长夜班，每日五百字的小说——我自己多少也知道写来写去都是过去的事，休想发表。突然间，像是有人伸手来校准时间了，钟面的指针飞快转动起来。一月底我离开诺丁汉；三月的第一周我已被《泰晤士报》录用，试当助理编辑。

2

在《泰晤士报》我过得很舒心，本可以在那里舒心地待上一辈子的，谁知我终于成功地发表了一部小说，但不是离开诺丁汉时就要写完的那一部。我的常规工作时间是从下午四点到夜里十一点，有时也

① 似与前文所述有悖，见本书第三章 · 4。

非延长到更晚一些不可。然而，我的服务可有可无，跟在诺丁汉时没什么两样，所以更多的时候报馆会提前让我下班。这可反而使我担忧。在我看来，自己很有可能不等试用期满就给解雇。是国内版助理编辑(一共大约有十人)悠闲的生活终于让我放下心来，感到自己像进了公务员队伍那样，有了保障。从没听说过《泰晤士报》炒谁鱿鱼或有谁自炒鱿鱼的事。我今天还喜滋滋地怀念——这是平静生活的象征——助理编辑办公室里慢幽幽燃烧的炉火，以及经年历久而发黑的炉栅里，下面煤块烧尽上面煤块跌落时发出的轻轻嘭嘭声。

万圣爬山虎，还有那屋里萧肃的窗户，如今换作贝特西区的一处卧室和起居室两用的住处，女房东远非那种期期艾艾之类。每逢月底，总有几件家具从我的房间里失踪，一周之后又原封奉还。原来女房东是拿去典当了，以度过一时的窘迫。晚上，我去贝特西车站赶一趟开往黑衣修士桥的地铁，总要走过一栋气派威严的大楼，楼外栏杆上挂了一块牌子："禁止向理工专科学校投掷石块。"信步走过那一带的街道时，我是在无意识中穿越未来一部小说《这是战场》中的场景。

一周五镑的收入用来维持单身汉的生活绰绰有余。我记得住宿加早餐每周只需三十先令，而在《泰晤士报》食堂吃顿晚餐难得超过十一便士——付十一便士我可吃到两条腌熏鲱鱼、一壶茶和一个糖浆面包卷。

我没法再养着派提，便心安理得地把它留在伯克汉姆思黛德。幸好，小狗不知不觉间已经赢得母亲的欢心。派提可是她豢养的第一条狗——也许是因为它既神经质又不黏人，不像个难以侍候的孩子。一次，客厅里的一张照片掉下，正砸在狗的身边，从此派提就再没有完全恢复精神平衡，而当时还没有给狗治病的心理医师。

我来《泰晤士报》才两个月，全面大罢工就爆发了。《泰晤士报》从罢工的第一天起就成了唯一不曾中断出版的报纸，只是开始时改用了旋转式的打印机，一日只出一页。我们的成功引得温斯顿·丘吉尔非常妒忌，曾为他那财大气粗的《不列颠公报》掠去了我们存纸的四分之一。《公报》编辑拙劣，印数过多，发行无方，以至于用我们的纸张印成的报纸大堆大堆遗弃街头，任人顺手牵羊。作为编辑部的一员，我自然而然成了破坏罢工的工贼，不过也有戏剧性的时刻，即使印刷厂广场仍是一片平静。

报馆每个房间的墙上都挂有通告，其中有关于万一失火如何应对的指示——如闻警铃三响，我们应有秩序地鱼贯而出，至于避往何处，我已忘了。警示归警示，与现实生活的距离远着呢，就像给每个编辑发一本的编辑须知，说“bunkum”不得拼作“buncombe”或“Marquess”不得拼作“Marquis”一样，谁会去查看？大罢工第二日下午，火警铃声响起时，谁也没当回事儿，当时大家都有些睡意，因为前一天夜里通宵没睡，忙着用旋转式打印机制作 1926 年 5 月 5 日那著名的第 44263 期、售价二便士的单页《泰晤士报》。尽管最后成品除了罢工消息，还有天气预报、广播节目、体育、股票和由诗人兼报人约翰·贝奇曼写的五行宫廷新闻(“威尔士亲王从比亚里茨，经巴黎乘坐飞机回到伦敦”)，实在再没什么需要我们助编插手的，所以众人都去做进纸和叠报的工作。机器一直开动着，直到早晨八点，然后大家步行回家，因为电车、地铁和公交都停了。所以起初没人去注意火警，也没什么可奇怪的。

警铃一次、两次、三次大作。有人小有好奇：“着火了?”俄顷，首席助编毛德上校站起身，以他寻常那种派头十足的闲散步态，走到过道去探看。这是个彬彬有礼的君子，个儿瘦长，留一撇软软的金黄唇上须。谁见了他，都会以为他更像一位外交武官，而不是报人。记得每当他有事让我做——即使为一个得奖的西葫芦在“新闻摘要”里配段短短的文字——他总是用拖长的音调先轻轻说声打扰。这次，他回到办公室坐下，好一会儿大家才知道——他是这样告诉大家的——《泰晤士报》被人放了把火。他又一次在长桌边坐定。助编开会一般都由部经理乔治·安德森主持。不过这会儿是上班伊始，安德森总是要请会儿假再出现。貌似罢工工人透过栅栏往地下室泼洒汽油，点着了那儿存放的大卷纸张中的一卷。毛德看上去镇定如常，手边又没有待处理的稿件，助编们就寻常的火灾神侃一阵，又讨论到火烧《泰晤士报》是不是行得通。有位上了年纪的助编，此人在乡下有个小农场，因此总是负责农业版。他说了柴堆火灾的几桩轶闻，打发了一些时间，直到警报解除。那天夜间的晚些时候，进纸工(我是其中之一)和印刷厂广场的罢工纠察打起来了。报纸的体育游戏部当了冲锋队。结果有少数人受了伤。双方也并未就此结怨。河南岸的革命气氛一到桥上就烟消云散。

更多是出于好奇，而非自愿支持当局，我当上了编外特别协警，早晨随一名正规警察来回巡逻沃克斯豪尔桥。这时车辆行人稀少，正合我意。伦敦，一座悄无声息的美丽的城市，这般的寂静要到德国人发动闪电战时才能再次领略。此外，还有一种生活在接近暴力边缘的刺激感。装甲车在街上巡逻。如同后来的闪电战时期一样，某些地区，多自由派的布隆姆斯贝利和尤斯顿包括其中，比之汉普斯黛德和圣约翰森林之类富人区，更可能危害社会机体；同理，如今艺术家云集的坎伯威尔和繁华的哈默史密斯区被认为比伦敦金融城更加危险。我们的双人巡逻总是走到沃克斯豪尔桥南堍为止，因为再往前就是敌对一方的街道了，罢工工人在酒馆前扎堆。几年之后，我的同情定会转向罢工，可大萧条还是若干年之后的事情：中产阶级当时尚未接受反饥饿游行队伍的教育。对体制而论，罢工像场游戏，为挣得有保障的生活，日子过得单调，出点事情调节一下也不错。气氛表现得最暴烈时，无非也就像英式橄榄球比赛，一方是动作粗野的某公立学校校队，连约定俗成的规则都不讲。“罢工结束了，我几乎有些惋惜，”我这样给家中写信，“罢工期间，我们在办公室爱喝多少啤酒就有多少，全是免费的。”

还有一个好处。我觉得自己被接受了。我甚至从资方得到一个银质火柴盒。这时，我三个月的试用期尚未结束，但是免费啤酒和特殊勤务制造了一种伙伴关系，我因此而成为立足已稳的职工中的一分子。牛津至少教会了我一品脱又一品脱地跟任何人拼酒。

助理编辑部的同仁中(多数比我年长不少)，今天还能记得的脸和为人特点多于名字。除我之外最年轻的那位非常挑剔，他自己说，凡是经人手触摸过的东西一概不吃。餐厅进餐时，他只喝一杯茶。可他这人长得胖墩墩的，可见在家里定是储藏了不少健康食品。我常用沙丁鱼罐头去诱惑他，可是显然他的头脑中有疑惑，不知从捕鱼入网到制鱼入罐中间发生过什么。那么讲究，我想是和他负责宫廷版有关。他一人独占一张办公桌，上面堆满各种上乘的参考书，譬如古老的《哥达年鉴》、得贝勒特出版的英国《贵族》和伯克的《乡绅地主阶级》。

日后常常入梦的还有其他几人的脸。一年至少一次，我会梦见自己长时间离开之后，正走进助编部办公室，直到最近方始梦断。我会找到一张空椅子，可是已经不在我先前的位置。我会因自己缺席良久而且只是暂时回归而体验一种羞愧(我见到身边四周的脸，此时都已化作故人)。我会伸手从火炉上方书架上取下一本克劳克福特指南，查核某位名不见经传的教区牧师，因为他培植了一株得奖的西葫芦。

3

对一个年轻的小说家而言，除去在一张相当保守的报纸干上几年助理编辑，我还真想不出还有什么更好的生涯。工作时间从四点到午夜时分，这样，刚刚酣睡醒来的他就可利用上午的时间做自己的事情，而让办公室在他已经疲乏的当儿才用上他。他的周围都是敏慧又合群之辈，生活经历比他丰富。他不是一个人封闭在小屋子里，苦苦咬文嚼字。除了偶有赶稿的例外，即便在上班过程，也有时间读书和谈天说地(我们中的多数人都自带读物，可在两版报纸的间隙阅读)。工作本身也并不单调乏味，倒是像做拼字游戏，将同样的字母不断组合成为不同的词。四点钟的时候，没人知道夜晚会发生什么事，死神也不按寻常的时刻表行事。

年轻的助编还常可多少洞悉名人的虚荣。J · M · 巴利做演讲前总要寄份打字稿给《泰晤士报》，其中有些段落，听众们肯定会以为是作家兴之所至的临场发挥。(他的演讲总是以第一人称逐字刊出——如此殊荣除他之外只归首相。)“我看见坎特伯雷大主教朝我这边不以为然地一笑，不怀好意地摇一摇头……”我会在四点半的时候读到这篇十点钟才做的餐后演讲。莫非大主教会得到一份提示稿?

另一件有趣的事情是发现投来的稿子里作者无意中用上有伤风化的内容——倒也可能并非完全无意。艺术评论家查尔斯 · 迈里奥特一直试图——要不，在其他人眼里是这样，悄悄塞进一些什么，而当时恰逢海德公园因为契欧扎 · 牟尼[①]而屡见报端，读者来信版编辑便自

① Chiozza Money，著名报人，曾涉嫖妓丑闻，且牵扯警察总监。

作主张，用上了“堵塞海德公园”的标题。

年轻的文字工作者在有趣又不苛求的条件下工作，学到不少对从事这一行业极有价值的教益。他们把记者的套语删去，把报道压缩到最短篇幅而不损其要旨。经过如此学徒般的训练，谁也不会写出文风枝蔓的东西。这与斤斤计较字数稿酬的作者恰恰相反。

那段时光对我最重要的人物是助编部经理乔治·安德森。上班第一周，我就恨他，但是三年还没过完，我几乎开始喜欢这个人了。他是个矮小的上年纪的苏格兰人，满面红光，说话简洁又不失幽默。[①]他用讥刺来激励新来的助编努力工作，有时竟使我有仿佛重回学校的幻觉。五点半的时候，我会松一口气，因为一到这时，酒店开门了，他总是从衣帽架上取下自己的高顶礼帽去自己中意的酒吧喝上一杯，消失三十分钟。这时，他的位置便由谦谦有礼的毛德上校取代。毛德顾虑多，给新手布置的活儿总是不会超越你能力的极限。倘若让他当部经理，我看自己只有写写新闻摘要中短小文字的份儿，难得再进一步了。钟鸣六点，安德森回到办公室，挂回礼帽。这时，他已满面通红，倒是与他常年缀在纽扣孔里的玫瑰相得益彰。他一眼扫过我的那篇标题也许有些夸张的文稿，尖刻批评几句，不过酒后的批评总是带上些许友好的善意。就这样，两年多的时光逝去，在我的小说《内心

① 原注：以下这个典型例子是《泰晤士报文学增刊》的编辑阿瑟·克鲁克先生提供的。“E·考尔斯顿·谢珀特，《泰晤士报》前任航空记者，有次告诉我说，他精心写成的一篇报道给砍得支离破碎。他悻悻然向安德森告状，说稿子给删得不成样子。‘删得很多，亲爱的谢珀，确实很多。谈不上不成样子。是我删的。’”

人》被一家出版社接受之后，有个工作清淡的夜晚，因为那晚的十点钟版，几乎没有足够撑满国内版面的新闻。那天晚上，我才认识到，一个壮志未酬的诗人也曾掘壕防御，对付令自己失望的刻薄。安德森年轻时发表过法国象征派诗人佛雷恩的翻译。他把译作寄给了住在伦敦珀特尼区松林的史文朋，曾在那里受到与史文朋同住的沃茨-邓吞的茶点招待和褒奖，可我不认为他被允准见到诗人本尊。[①]。安德森后来再没提过这件事，可我从他身上感受到久经风霜的父辈对于另一个年轻同事的担忧。年轻人出了第一本书就会飘飘然，须知日后还会像他本人那样遭受挫折。我去辞职时，他花了好长时间跟我磨嘴皮子。在我看来，阻我离去的真正理由是，他预见到写小说不一定总能成功，我像他本人一样，需要一种平静而有保障的生活，譬如五点半开门的酒吧，还有炉栅内落下的煤块。

没有其他群体——甚至不包括在德国闪电战期间在高沃街我的哨位上的防空员们，或者后来特工部门的同事——像他们那样深深植根在我的记忆中，尽管名字都已尽忘。说不定年轻人所操的第一份真正的职业都有这种效应：蜡上的印模再也不会深到那种地步。即使仅仅短暂打过交道的人也留下印象，如总编杰弗雷·道森（不管此人后来采取的绥靖政见，我只记得他对年轻同仁非常友好）、外交通讯记者弗拉基米尔·包利奥考夫。后者戴一顶宽檐超长的灰色洪堡小礼

① 沃茨-邓吞正助史文朋戒酒，代史见客，是否与此有关？

帽，常来我们办公室核对文档，到哪里都带着一副世故极深和神秘莫测的态度(他为什么不在隔壁自己应属的驻外记者办公室里阅读文档?也许，出于隐秘难言的原因，他希望保持国籍不明)。还有医药版通讯记者麦克内阿·威尔逊医师，在我看来，与其说他精通医学，不如说他是拿破仑专家。我在报馆的最后一年，突然出现一位后来成为主编的拜灵吞-沃德，冷漠又自以为是，不到年纪早早脱发。他像种无声的威胁，无人说明又无人可解地占了和蔼可亲的副主编莫雷·勃拉姆维尔的办公室。如今回忆起来，此人圆滑又自信，派头就像法国王太子，可我当时就把他看作狄更斯笔下《马丁·翟述伟》里的坏蛋佩克斯尼夫，当然佩氏有一头好发。再往后，我命运不济，有意重回《泰晤士报》时，他写来一封连佩克斯尼夫都会望尘莫及的信。“你走以后，”他用上使人依稀联想到朗费罗的笔法，“帐篷已经折叠，大家都已前行。”

4

那年夏天，我完成了我的第二部小说，写信给母亲：“事情成败的关键在于把稿子誊打一遍。为了防止残缺，非得有两份稿子不可。你能预支我五英镑吗?我会以每周十先令的利率偿还。”结果五英镑完全浪费，但愿母亲的债，我当年确实还了。我把打字稿交付海涅曼出版社。那是 1926 年 7 月的事。对方回信确认稿件收到之后，久久杳无音讯——仿佛稿子掉进助编室的炉火，不可复得了。月复一月过去……新年到了……接着是二月……三月……我甚至已着手第三部，只不过很快就放弃了。那是部侦探小说，一大堆没有写完的作品中的第一部，题目叫做《疯狂的阿拉伯》。书题取自多提[①]作品，故事却是从伦敦的一个公共汽车站写起，而且不准备写到英格兰中西部各郡之外的地方；《穿越边界》是个非洲故事，序幕在伯克汉姆思黛德；还有一部学校小说，讲的是一个怯懦的男童如何敲诈处处保护着他的老师；《安全感》是间谍小说…… 时至今日，虽说我已完成此书的四分之一，我仍无把握是不是会把它写完。

我仍相信那侦探故事是巧具匠心的。一名年轻家庭女教师被发现遭人谋杀，死在乡下大宅中。诡奇的线索太多，难倒了警方。惟有当地的一位教士看出一个孩子的心理，知道纷乱的头绪引向何方——引到一个十二岁的小女孩身上：她深爱的家庭教师爱上一个男人，于是杀人犯罪。教士自然没有告发小女孩……如今我已能把自己短短几年生活中纠结的线头理清：我妹妹的家庭教师，对她未来丈夫的嫉妒，也许还有哈斯瞰大宅中的漫长暑假，甚至还有屈罗劳普神甫以及我新近皈依的情节。可是倘若当时有人问我，我会说小说与我的生活毫无关系。

最好还是处于对自己完全无知的状态，这样，遗忘就容易。让失

① 疑指 Charles Montagu Doughty。

业工人继续在沃克斯豪尔桥大街的酒店麇集，让搞绑架的歹徒从海德尔堡冲出，向边境推进。这些全无危险，可以忘得干干净净。我们该把被遗忘的人和事留给黑夜。有一天，要是这些人事设法进入书本，那也不应是我们默许的结果，而应以伪装的面目出现，见了也认不出来。小说中写了所有一眼可以认出的生活经历，那只是报导。报导当然也有一席之地，但那是不重要的地位，至多提供一段轶事，在叙述中填补若干空白而已。报导完全有理由可以充作铺垫，有时候想象力不够用了，不妨利用一下。也许，小说家比之其他人，具有更强的遗忘能力——他必须忘却，不然就神思枯竭。他所遗忘的恰恰就是想象力的肥料。

5

投往海涅曼的稿子如泥牛入海，八个月没有一点儿消息。我最后写信去提醒他们；有这么一部我的打字稿。其实我毫不怀疑，写信也改变不了运势，所以没隔多久一个鼓鼓的邮包递到时，我并不惊讶。信是董事总经理查尔斯·伊宛斯本人写的，对拖宕耽误表示歉意。社内有两种互相矛盾的报告，所以他决定自己读一读作品。如今，尽管他个人觉得有意思，他只能道歉……同时，他又说希望我能把下一部作品寄他一读。我也看得明白，这只是对一部随手往边上一扔的书稿常规的礼貌回答，可我毕竟初出茅庐，听了他的话，竟大受鼓舞，书稿再不往其他出版社投寄，认准了海涅曼。我打定主意，再写一本小说，要是这第三部书跟前面的作品一样不成功，就永远放弃奢望。我在《泰晤士报》站稳了脚跟，明年就有可能结婚。

我不知道父母的家书存档里保存着一封信，那就像一颗小小的定时炸弹，使未来的写作生涯变得十分悬乎。两老自己可能也不记得了，就像一个人对于长久以来习以为常又无法改变的可憎现实忘得精光一样。要不是我突然生病，真还难以记起那封信。

因为一再发作的疼痛，我咨询过一位医生，谁知这是个危险人物。那日，我走在贝特西大街上，突感比平时更剧烈的刀捅似的疼痛，便随便找到这位大夫。距铁路高架桥不远处，我一眼看见一所房子挂出的铜牌。窗子上积了厚厚的烟灰，一棵蜘蛛抱蛋垂至窗棂处，只是枝枯叶败。每逢克拉普汉联线站有列车开出，他家的门必微微颤动。是医生自己给我开的门，一个年轻的印度人。他把我让进一间昏暗的诊疗室。此人一定是以东方式的忍者功夫，在这儿久候病人登门的。他诊了我的脉搏，量了我的体温，戳戳疼痛部位，然后给了我一瓶事先配好的药，说是服下必好。记得他为诊治和那瓶药一共索费六先令。还好凑巧，我给在西敏寺医院实习的兄弟打了个电话。当晚，我就住进了他们医院的公共病房，二话不说，立即动了阑尾手术。那个印度医生就此留在我的脑海中——简陋、无效、还可能是非法的象征。他留下自己的轨迹，和另一个医生一起，出现在《有枪出售》的某几页中。

手术后，我躺在病床上(当年他们留病人住院至少一周)，开始构思我的第三部希望渺茫的小说。我给它起名叫《内心人》，故事一开始写到一个被人追杀的角色。这角色在我以后情节不那么传奇的书里还要一再出现。不过，奇怪的是，病房经历中见到有人死亡，倒是给了我一部作品结尾的启发，这部作品直到六年之后我方才动笔。

这是病房里第二次死人。对于第一个，大家都不怎么在意，那是个死于口腔癌的老人。此人因为老病，并不参与病房里各种喧闹作乐、追求护士、起哄互嘲、呵痒和扭掐。当死者病床旁拉起屏风时，那一角落里比之平时也没多几分肃穆。第二个死者可是搅乱了一病房人的心。第一位死于命数难违，第二位却有偶然因素。

此人是个年仅十岁的男孩，某日下午，因为玩足球踢断了腿，给送进病房来的。长一张红扑扑的脸，孩子快乐向上。父母陪着他闲谈一阵，然后由他渐渐睡去。十分钟后，一名护士曾在他病床边停留，俯身观察他的情况。突然，一阵忙乱，一位医生匆匆赶来，病床四周拉起屏风，一台氧气机吱吱咯咯滚过地板，只是孩子业已远离这一切而去。父母刚刚到家，叫他们急速赶回医院的通知已经等着。两人来了，坐在病床边。为了遮盖母亲泪水涟涟的哭声，病友们全躺着戴上了耳机，听——还能听别的什么？——“儿童一小时”[①]。所有病友都在听，就我除外。一个作家的心里总有碎冰刺痛。我看着眼前这一

① 原文：The Children’s Hour。BBC傍晚节目名，取自朗费罗同名诗作。

幕，仔细聆听。如此见闻可能哪一天需要用上：那做妈妈的在絮叨，肯定是读过某本妇女杂志后记住的俗套。真实摧心的悲恸只能用老生常谈来表达：“我的儿子，我的儿，为什么不等妈妈来啊?”父亲缄默地坐着，帽子放在双膝上。看得出来，尽管心里悲痛，妻子陈腐的语言以及在病房里当众大出洋相，使他觉得难堪。他巴不得赶快回家，去黯然独处。“人类语言，”福楼拜这样写过，“就像一只破壶，我们在壶上敲打出调门，让狗熊跟着跳舞，而与此同时我们急切期望做到的是感动星星，求上天怜悯。”

两周以后，我回到《泰晤士报》。兴许是我过于急着出院，第一次再上夜班时居然昏了过去。上面又给了我一周的假期，我去了童年病后多次由姨妈陪着去疗养的布赖顿。我不再去想过去的那件事，也忘了母亲书桌里滴答作响的定时炸弹。（此刻写作时，这个小小的装置正放在我面前：五年前，即1921年，心理医师肯尼斯·吕奇芒给父亲的信。）

母亲给在布赖顿的我来信，问我什么时候回伦敦，去看原来的心理医师。我有些迷惑不解，可是想到重见老相识又觉得高兴。我明白心理医生是有意割断我俩关系的，生怕我有可能从此依赖他。可是，对我来说，他代表了我一生中最快活的一段时光。在布赖顿的某个夜晚，我正独个儿，或者说我以为是独自一人，坐在屋前的一座棚子里。这时，黑暗中突然响起一个声音：“晚上好!”是个苍老的嗓音。

“晚上好！”我回答，一边透过夜幕想看清对方。

“我是老皇历[①]，”那形影莫辨的声音说。也许对方早该预先告知。

肯尼斯·吕奇芒不再住在兰开斯特门外德文郡新村那所修饰整洁的小房子里，而是搬进某处光线不佳但面积稍大一点的住处。对于新房子，我的记忆自然是一片空白。我们稍稍谈到我的第二部小说，他自告奋勇要去帮我找出版商。但我敢肯定，这并不是邀请我来的目的。果真，“老皇历”不期然在布赖顿开辟了新战线，提醒我一件自己差不多已忘得精光的旧事，就是某次在他家的餐桌旁昏倒的事。过后他带我去哈雷街看专科医生，一个黑皮肤的小个子，神态紧张有余。此人的脸相，在我的记忆中，已经跟演员欧内斯特·米尔顿以及奠边府一战中的法军指挥官德·凯斯特里上校混杂莫辨了。

“你母亲告诉我你已经订婚，准备办喜事了，”吕奇芒说，“现在来谈谈《泰晤士报》的这次昏厥……”

我记起当年那位专科医生曾问过我，之前在闷塞的夏天，在学校小教堂里发病的情形。好多学童，我这样对自己说，都经历过昏厥发病的阶段。

“里狄克医师诊断是癫痫症，”吕奇芒说。

癫痫、癌症和麻风——对未经专业指点的外行来说，这三个医学

① 原文 Old Moore，系从 *Old Moore's Almanack* 化出。

用语足以激起最凶险的恐惧。一个二十一岁的年轻人听到如此最后确诊，毫无精神准备。吕奇芒接着告诉我，癫痫这病有可能遗传，所以我在结婚前一定要仔细权衡这种风险才是。他还好心安慰我，说陀思妥耶夫斯基也是癫痫患者。我想不出该怎么回答他。陀思妥耶夫斯基毕竟与英国的维多利亚时代同年，早已作古，而我还年轻，名下一本著作也没有，而居然早早打算结婚……“让我读读你的作品，”吕奇芒作出表示友好姿态，这么说，“书题叫什么?”

“《插曲》，”我说。

我离开他家，疾步往南坎星顿、国王大道、欧克雷街和阿尔贝特桥走去，尽量远离刚才的这一个插曲。回到家，我立即写信：他们把事情拖得太晚了，我这么说，而没及时通知我。可怜的家人，如今读着吕奇芒和里狄克医师两人同日写去的信，我不免同情起他们来。虽说用上委婉的字句，里狄克医师的信叫人胆战心惊：“他不时发作的症状，我想是癫痫。鉴于他突然丧失知觉只有三次，有理由认定，只要治疗得当，还是很有可能防止症状恶化的。”治疗方法似乎是长途步行，加上服用开普勒麦芽精。吕奇芒的信使人稍觉宽慰，可怜我母亲用铅笔，在她能发现的乐观字句下面画了横线，大概是要安慰父亲：“很有可能完全治好”……“没有必要恐慌”等等。连陀思妥耶夫斯基也给拖出来了，下方居然还画了横线。可是后面的建议不太正大光明，听上去又很凶险：“我们同意，不用包括癫痫在内的任何字眼，让格雷厄姆知道出了什么问题。”

诊断正确吗？四十年后回头判断，兼之以后从未复发，我不信了。可在当时，完全信以为真。记得听说诊断后的次日，我曾站在地铁月台，动员起全部的意志力和勇气，准备纵身一跳。并不是我新近皈依的天主教阻止了我。我当时当地的感受中全无神学意义上的绝望。我只是想到一个与自己设想全然不同的未来，而觉身心俱疲。可自杀需要比俄罗斯轮盘赌更大的勇气。列车来而复去，不一会儿我已从移动楼梯到了上面的世界。

接着想到的是位上了年纪的教士，司铎祈祷会的泰尔博特神甫。我已由屈罗劳普转交由他负责——这是教会里时行的做法。在司铎圣堂，我已同泰尔博特神甫有过多次讨论和辩论，一小时又一小时，度过非常愉快的时光，与其说是跟教士谈话，倒是更像在大学的课堂上探讨。神甫持极为自由主义的观点，所以这时我就在绝望中想到此人，但愿他对我面临的最大难题会有个答案：如果我患了癫痫，我就不得生育。无疑，在教会法规或伦理神学的旮旮旯旯里找找，总有什么规定可以适用于我这样的情况。

他邀我与他一起外出，叫了辆出租汽车，开了一个钟头，在布朗博吞路和湾水区中间的长方形地域驶来驶去，就好比两人就同样的轨迹一再来回辩论。不管什么情况，避孕是绝对禁止的。“这么说，教会不准我结婚？”

“我们当然不会禁止结婚。”

“你以为结了婚的夫妇住在一起会不做爱？”

“教会期望你相信上帝，仅此而已。”

上穷碧落下黄泉，翻来又复去，结果只是织不出花纹的无用刺绣。

换了今天，他肯定会对我的疑问作出完全不同的回答。我毫不怀疑，他会劝我遵循良心行事，而这话即使在当时，对于任何事情，伸缩性也是够大的。天主教徒们有时谴责我把教士写得不堪，面对他们各自非面对不可的人间问题时，总是无端败下阵来，像《问题的核心》中的兰科神甫和《起居室》中的詹姆斯神甫。“真正的教士，”我被这样告知，“准会有更多的话可说，准有更深刻的理解力，而决不会如此听任局面一无改变。”然而，在约翰·龙卡利[①]被选为教皇之前，教士们必须做的恰恰也是仅此而已。就理解力而言，无人会败下阵来。泰尔博特神甫具有悲天悯人的情怀，可他根本提不出解我难题的方法。他能实实在在告诉我的只有令人费解的一句(就像我笔下的兰科神甫说的，“所有规定，惟有教会知道。”)。出租车的计程表滴答不停，我俩兀自重复着没有结果的辩论。在长长的行车途中，我只意识到圣经里所说的“彼得之石”[②]，纵然大石拒我远离，我却不得不在那不肯通融的表面前拜服。

痛苦没有持续太久。我兄弟这时已是医生，是他第一个对诊断结论提出异议。接着是医药版通讯记者麦克内阿·威尔逊医师，我在助

① 指约翰二十三世，此人在位时曾召开第二次梵蒂冈大公会议，简称“梵二”，提倡清廉教会。

② 见《马太福音》(新约第一卷)。

编部昏倒时，他就在场。这一位也说他看不出任何癫痫的症状。

6

我结婚了，生活还算幸福。晚上在《泰晤士报》上班，早上写我的第三部小说。如今写作时，我把故事的梗概写在纸上——这样几乎所有的修改本质上都是扩写和事后想起的补充，意在让骨骼雏形能够获得生命力——可是在那年头，所谓修改，就是剪枝一样的修剪再修剪。我那时也许是受了玄学派诗人的影响，喜欢用夸诞的明喻。妻子渐渐成了射杀它们的好手。有个明喻，我今天还记得，把苏塞克斯静谧环境中的某事或某人，比作蹲在一棵树上的豹子，上树潜伏是这类动物人所共知的特点。每天，稿子中的“豹子”都被勾画出来，可是我还是花去多年工夫，才让这畜生受到制约，但是豹子有时还免不了要对我低吼几声。

1928 年冬季某日，我患了流感卧床在家，听妻子在厨房里洗刷早餐的盘碟。此前十天左右，我已把打字誊清的稿件寄往海涅曼和“包德磊头像”出版社。我听天由命，准备经受泥牛入海的煎熬。上一次，不是过了九个月，才等来退稿的结果吗？不管怎么说，结果尚在未定之天，比之确证失败，总要让人好受一些。这时，起居室内电话铃响起，妻子进屋告诉我：“有个伊宛斯先生找你。”

“我认识的人当中没叫伊宛斯的啊，”我说，“告诉他我正生病卧床。”蓦地，我想起海涅曼的主席正是个叫伊宛斯的，于是一溜小跑，赶去接电话。

“我读过你的小说了，”对方说。“我们愿意发表。十一点钟可以来一次吗?”流感顿时消失，而且一去不回。

小说家此后的生活中，再没有任何时刻堪与那一刻相比——第一部作品被人接受。那种终获成功的感觉纯而又纯，丝毫不受未来的不确定性的干扰。我去了位于大拉瑟尔街的那幢典雅的十八世纪建筑，在登上宽阔大楼梯的时候，对于未来十年里的诸种失败和挫折，居然一无预感。

查尔斯·伊宛斯是位出色的出版家。秃头，身材瘦削，他更像一位家庭律师，因为各种忧虑而长不了体重，同时这位律师又好像服了过量的强身维生素。此人的手脚从不静止，常摇手去按铃，一阵阵的铃声急骤短促。兴许是因为流感还没全好，我竟有种预感，似乎海涅曼那些传奇式的作者随时都会继我之后走进房间，诸如高尔斯华绥先生、约翰·梅斯非尔特先生、毛姆先生、乔治·莫尔先生、约瑟夫·赫格斯海默先生等各位。我坐在椅子的边沿，随时准备跳起。康拉德那须眉魂灵似乎随着雨点一起敲打着屋顶。

我完全有准备，会在这儿听到一向以来我认定是不变法则的话语：“当然，出版一部处女作风险很大，所以一开始我们只能付小额稿酬。”可那不是伊宛斯对待一名年轻作者的方式。正如他这次直接打电话来，而不再是写封措辞戒备的信件，此刻也同样，他把自古以来的接纳新人的仪式撂在一边。

“没有一个出版人，”他说，“能够保证出书成功。尽管如此，我们还是抱有希望……”版税将以百分之十二又二分之一起算，预支五十英镑；他还建议我找个代理人，因为将来可能还有附带的涉权问题需要处理……神魂缭乱中，我出来走进大拉瑟尔街。过往的白日梦从来都是止于有人答应出版，可如今我的出版商（“我的出版商”，令人踌躇满志的说法）居然暗示大获成功的可能。

他言出必信，小说卖了八千本，由此我对随后遇到的失败，准备就更不足了。冲昏的头脑使我拒不相信，成功是个缓慢的过程，不可能突蒙眷宠。十年之后，出版商出版我第十部小说《权力与荣耀》时，只肯冒风险印出三千五百本，居然比我的处女作只多印了一千本。

《内心人》写得青涩，过于滥情。今天，这部作品对我已经没有意义。为什么卖得那么好，我委实看不出理由。这书已成了某位我一无所知的陌路写的东西，那一类内容我可从来不怎么在意，而这又使我联想到对作品一种更加匪夷所思的评价。叔叔爱丕——就是开办巴西认股代理行、精于从商的富有的那位——写信给我说：“这书惟有格林家的人才写得出。”于是我想到了我的父母，想到了圣诞节聚会的七大姑八大姨、堂表叔伯和兄弟姐妹们；还想到了没见过面的格林家祖父和外祖父，一位是负罪感纠结不解的教士，一位忧思郁积，在圣基慈死于黄热病。接着，我又想到作品本身：一个被追猎的人，走私和背叛，谋杀和自杀。我不明白他究竟要什么。今天仍不明白。

7

离开《泰晤士报》比加盟报纸居然更加困难，所费时日也几乎一样多。《内心人》出版后几个月，我又在冥思苦索着另一部小说《行动的名号》（此书唯一的亮点在于书题，那是笔名叫克莱门丝·戴恩的女作家向我提议的）。我给查尔斯·伊宛斯写去一封带有勒索意味的信，告诉他，我必须在《泰晤士报》和专门从事小说写作之间作出抉择，而不能兼顾两者。他回话说，要是我辞职，他可以在三年里每年给我600英镑（其中一半由我的美国出版商支付），条件是我得写出三部作品。我接受了，可怎么着手呢？我在《泰晤士报》干得很开心，无法给经理去封信，说走就走。我找乔治·安德森商量，两人多次长谈，他晓之以理。我有远大前程，他向我保证——只要我有足够耐心，好好干它几年，总有一天，我可望成为通讯版编辑。现任编辑度假之时，我已经品尝过代理之荣，而因此得以和总编杰弗雷·道森本人直接交往。每天下午四点，我跟总编单独关在屋里，由我汇报每封来信的优点，然后两人决定哪一封放在版首刊出。这样的接触使我非常得意，尤其是当有几次我的意见最终获胜的时候；我甚至还成功刊出经常来信的画家沃尔特·希科特的一封。此人老是在画线的大开纸上用浓黑墨水写信，笔迹潦草得难以辨认，道森心好整洁，所以很不喜欢这样的信稿。看来，希科特是用火柴杆写信的，要紧的用词常被墨水渍盖没，根本看不出写的是什么。这种书法正合他狂野的名声，大凡讨论远离画画儿的题目，他常胡来。

最后，安德森终于认识到我是铁了心要走了，可他也同意我得去跟总编说一声。总编令人失望，躲我唯恐不及。有时候，我甚至猜想安德森是不是已经把我的心思事先告诉他了。我想请他安排时间接见，他必大忙；我径直去他的办公室，不是人去室空，就是正忙着接待贵宾。好不容易抓到他时，几个星期过去了——我有一种很不舒服的感觉，像是逾越了礼节，就好比给正餐小礼服配上了一条花里胡哨的领带。我还开始相信，从来没有一个助编会从《泰晤士报》辞职，正如报馆自从诺斯克列夫[①]那种不按绅士规矩办事的时代以来，从不裁员一样。最后，被我逼得走投无路的道森，练达又儒雅地接过话头，说他知道我写了部小说，并祝贺作品成功——他夫人已从巡回图书馆里要求借阅。至于《泰晤士报》方面，他向我保证，绝不反对我利用业余时间从事创作。艺术批评家查尔斯·迈里奥特就是这样双肩挑了多年，甚至剧评家查尔斯·摩根也发表了一两种作品。说不定时机即将成熟，报馆可把我作为难得的第三个带头人来培养。当然，如果我确实主意已定，他只能说如此的抉择有点草率，令人遗憾。

1929 年 12 月 31 日离开报馆前，与副总编莫雷·勃拉姆维尔还有

① 当指 Alfred Charles William Harmsworth，1st Viscount Northcliffe。

一次面谈。勃氏像个德高年劭的教师，也许正因为如此，我在他面前就变成结巴着说不出话来的小学生。他说，现在再跟我说什么，为时已晚，不过他要求我注意健康，勿工作过劳。我隐笑着想起，自己如何身兼两职，每天工作十一个小时。但直到后来，我才认识到所谓过劳并非只是工作多少小时的问题，他的劝诫有充分的理由。

就这样，我离开了炉火的煤块栏栅，离开了绿色护目罩底下的一张张脸。这些脸庞今日回忆起来仍然栩栩如生，只是脸庞主人的名字，就像密友和我曾爱过的女人的名字，都已尽忘。在未来的年月，我会强烈地悔恨自己的抉择。离开《泰晤士报》时，我是个发表了一部成功的处女作的作者，自以为已经是个作家，全世界都要匍匐在我脚下。可是现实生活不是这样。开头就错了。

第十一章

1

在第一部和第二部小说之间，写作的本质绝对发生了变化：第一部可算涉险，第二部成了任务。第一部像是短跑，跑完站在跑道边，累得你够呛，但是胜利了。第二部变成长跑——撞线的终点根本看不见，就像生活的尽头。作者必须悉心保住精力，超前构思。长途耐力跑比之短跑冲刺要累得多，而且没那么多豪壮的气氛。有时你会羡慕两位法国作家雷迪盖和埃冷-佛尼埃[①]，只因两人没来得及开始越野长跑，死神先发制人了。

诚然，《内心人》是我写成的第三部小说，但前面两部只能算是笨拙的练笔罢了。我只不过处于训练期中，生活中还有其他可能性，譬如英美烟草公司或兰开夏保险总代理行。《内心人》纵有滥情和笔墨过浓的缺点，至少还不失专业。我发现自己已经义无反顾地开始长跑。

有时，我发现自己有种愿望，即开始第二部小说《行动的名号》之前，能找到一位经验丰富的导师。如果罗伯特·路易斯·斯蒂文森还在人世[②]，他只比今天的我年长十岁。也许，我会鼓起勇气，向远在萨摩亚的前辈讨教，并寄去我的第一部著作。在我眼里，他一直是“家人之一”。孩童时代，我就生活在他的天地的边缘：他的亲戚和传记作者格雷厄姆·拜尔佛曾来过我们家；我那位美丽的姨妈常去斯蒂文森的朋友悉特尼·考尔温及其妻子处作客，待上几天回来。考尔温的妻子即前希特维尔夫人，是青年斯蒂文森的爱慕对象，两人是在贝尔格拉韦路11号我姨婆莫德家认识的。他在书信集中提到名字的那些人，都出现在我家的影集中；童室里那张巴格泰尔台球桌曾是他所有。可以肯定，从萨摩亚这位亲戚处，我可能获得更好也是更为辛辣的意见，不像我的出版商查尔斯·伊宛斯，硬是闭眼不看自己所发现的年轻俊才在犯灾难性的错误。我甚至收到过伊宛斯一封热情洋溢的电报，说是满心喜悦收到第二部小说的打字稿——其实那稿子有多糟，叫我怎么说呢？伊宛斯自然也看出来了，可打定主意暂时不露声色。他有发现年轻俊才的美名，无法又即刻承认自己看走了眼。

虽有对方电报，我不认为自己对新书曾经有过一丝一毫的信心。离开《泰晤士报》前的最后一个假期里，当我埋头笔耕，艰难对付那个怎么也不像主人公的人物，在德国城市特里尔的大街小巷穿行，我就时常对作品绝望。在本人的作品中，大多数都有我能记得的段落，甚至章节，我在写下那些文字时，得到一种满足感——“至少写出来

---

① Radiguet 和 Alain-Fournier，前者殁于20岁，仅有两部作品传世；后者28岁死于一战，第二部作品都未写完。

② 原注：难得有人注意到斯蒂文森的生涯何其短暂：他二十五岁时第一次试笔写小说（后来中辍），而四十四岁就逝世了。

了”。不管感觉是否有误，写《内心人》审判一幕时，后来在写到《一个自行发完病毒的病例》主角奎吕的航程时，写到《文静的美国人》中的三角恋时，写到《我们在哈瓦那的代理人》中的棋局时，写到《权力与荣耀》的狱中对话时，写到《与姨妈旅行》中彼得森小姐强行闯入布洛涅各章时，都有这种感觉。除去《行动的名号》，没有任何一种别的作品不给我至少一种即时的成功幻觉。今天让我回忆这部书，我只记得对特里尔的地理知识运用还算熟练。第一次访问那座城市是跟克劳德 · 考克班恩一起去德国的时候，这又引发了往事的回声，那部不曾发表的、专写西班牙卡洛斯派的小说《插曲》（一名青年过分理想主义，卷入令人失望的革命而不能自拔）；还有自己发现能力有限，夜晚的特里尔街上警察追捕这么一个简单的行动场景，写得一点也不刺激。别人，譬如巴肯、哈葛德、斯坦雷 · 维门，手到擒来的那种天赋，我一落笔就一败涂地。我长读不倦的珀西 · 勒勃克的《小说技艺》教我重视“视点”，而非如何把身体感受的刺激付诸笔尖。

如今我看得相当清楚，自己在什么地方出了差错。刺激者，其实很简单：是种场景，是单个事件，决不可用思想、明喻、暗喻之类的东西去把它裹扎在一起。但刺激又是即时的，体验时你没有时间作出思考。行动只能由主语、动词和宾语，或许还有一种节奏，去表达——再没有其他什么。甚至一个形容词会减缓步伐，或让神经镇定下来。我该转而去求斯蒂文森给我上一课：“这一切说来就突然来了，只听得脚步急促，一声怒吼，接着是艾伦大喊一声，传来猛击声，有人像是受了伤在哭叫。我扭头望去，看到肖恩先生正在门口与艾伦斗剑。”①没有明喻或暗喻，甚至没一个形容词。可我老是过于关注“视点”而丧失了对于较为简单问题的意识，忽视自己正在写的这种小说，与诗歌不同，其组分不是词汇，而是运动、动作、人物。析文辨字当然是需要的，可不能沉溺于遣字造句——那是一种对于青年作家来说致命的自恋，会诱人陷入查尔斯·摩根和劳伦斯·都勒尔专注藻绘的极端。回顾此生的这一阶段，我可看出自己有走上他们的歧路的危险。是失败救了我。

《内心人》卖出八千本；《行动的名号》销量勉强达到前者的四分之一。1930 年代之初，小说评论的水准比之从那以后的任何时候，都要低得多。吉拉德·果尔德，一个蹩脚诗人，以及拉尔夫·斯特劳斯，一个蹩脚小说家，两人在星期天的论坛轮流坐庄。作家既不因评家赞扬而影响遽升，也不为苛评而地位暴跌。我已动手创作的第三部小说，跟《行动的名号》一样，只是虚假的蹈袭而已。

2

离开《泰晤士报》时，我已积下一笔钱，够花三年的。为使钱尽

① 引自《诱拐》。

其用，再给自己一个适于工作的房间，我们搬到乡下去住。我们找到一间茅草屋顶的农舍(工业化的1920年代，一个人们所梦想的乔治王时代田园诗般的去处)，带有花园和果园，地处奇平坎普登边缘一条泥路的尽头。租金是每周一英镑(已是我们财力的极限)。夫妇俩把我们为数不多的家当搬了过去，包括一条新近购得的嗜好去垃圾桶觅食的北京哈巴狗。没有电灯。根据《天方夜谭》人名阿拉丁命名的油灯，只要几分钟没人拨弄，就生烟呛人。第一夜，夫妇两人都有些害怕，一只猫头鹰的怪叫取代了熟悉的车水马龙声。我们抵达的那一夜，天黑以后，听到有人敲后门，只见一个陌生农妇站在屋外，提着一只死鼠的尾巴。

“你要干什么?”

“我想你们会感兴趣的，”她说着，还左右晃动那鼠尸。

有老鼠，这不用说了。它们在屋顶疾奔，或弄出窸窸窣窣的声响，还吱吱吱叫几声。茅草屋顶鼠患声不绝，直到有人同意带上一只鼬来灭鼠。此人穿紧绷马裤，长得尖嘴猴腮，本人就像一只鼬——村里人都说，他曾活生生饿死了他妻子。

几周后，我们对陌生乡间的恐惧开始消失，生活过得很舒心，且不说之后前途如何又来投下阴影。生活富有新的情趣——当地的酒，几乎每种蔬菜都可酿成。我们从肌肉发达的房东莱茨彭开的“志愿兵”店里买回(酒不上头，可是大增腿劲)，也从诺尔纹章酒肆买回家酿苦啤。后一家店的店主是个叫奈尔格尔·丹尼斯男孩的继父。从这儿出发步行，可操的道路，五花八门，永无尽头似的，东南西北分别通达莫顿因马什和奇平诺顿、伊夫舍姆和百老汇，再到布洛克利和水上柏顿。（北京哈巴一遛就是超长的十五英里，总是歇斯底里大发作，只得把它给灭了。）从我家自己的园圃采摘苹果和长叶直立莴苣，那都是我在吉卜赛园丁卜克蓝德的帮助下亲手栽培的。园丁一周来一次，把蜗牛集拢一边，准备当晚餐。

村居生活自有其人际亲切且富有戏剧性的特点，使人有一种社区意识。人们嚼舌头。在城市里，邻街有人自杀，你也不得与闻。真难理解，我居然会花上一小时接着一小时的工夫，去刻画我的新作《夜幕流言》中那些毫无血肉的角色。这又是一部关于西班牙卡洛斯派作乱的小说，只是背景移到了我从未去过的西班牙。我似乎割不断与那死胎《插曲》的脐带。有时候，智性并不迷乱，难道在这种时刻，我也不把那些全凭想象而成的滥情作品中的纸人，拿来同我住处旁、行走在泥路和“大家活”客栈之间的活生生的人，做一番衡量？我不记得了。也许吧——更重要的是——我应把纸人比照自己的经历，比照前十六年逃跑、反叛和痛苦的记忆，那可是小说家成型的十六年。

倘若我相信叔叔的话，《内心人》中确有格林家人至少一丁点儿的影子。仅就非理性的自我逃避的愿望而言，一个外祖父脱离了教会，一个祖父死在了圣基慈。一个作家的自我认知，只要符合实际，绝不异想天开，就像是个能量储存器，可供一辈子取用不尽，输导得当的一个伏特就可使一个人物活在纸上。《行动的名号》和《夜幕流言》缺乏生命的火花，那是因为书里没有作者自我。我早早打定主意，决不写那种初出茅庐作家的程式化自传体小说，可又向另一极端走得太远。我让自己完完全全游离了。所有在第二部小说艰涩难读的书页中剩下的，只是康拉德被扭曲的鬼影。全书只有一处，即开篇之初，还有点对生活摹写的意思，那是写到一名上校扮演教士角色，听取手下受伤将死一兵的忏悔。这一段可算是笨拙的预演，直到十年之后在《权力与荣耀》中才把同样的场景写得更好。

3

在那年月的日记中，在科茨沃尔德丘陵地带，我发现自己身边的生活富有喜剧和戏剧性。

“弥撒由一位来自富克斯科特的神甫主持。他跟他的管家，住在伊尔明吞过去一点的一栋古旧大宅里，有时一觉醒来，会发现一只猫头鹰正栖息在床柱上。藏书室的图书，因为弃之不顾，都任其破损腐朽。他钻研天文，宣扬禁酒，骑一匹内弯足的驽马，在乡间巡游。韦斯特斯伯埃基的西格吕夫纹章酒家的老板，就是我从他那里沽欧洲萝卜酒的那一位，常招待教士喝茶。按他的说法，有匹内弯足的马，是种特殊的荣耀，惟有良驹跑起来才会膝盖碰膝盖。”

“那天在这儿演出的巡回剧团，看来在恩舍姆内讧了，过后各奔东西。其中的一家人回到村子，在市政厅举办每周舞蹈表演谋生。富有的耳聋建筑师克瑞斯威尔，恰好住在广场，抗议摩托车的噪声，强迫他们停办半夜的舞蹈演出。他还试图让几百年以来就以广场为家的羊市场搬走。这个他没办到。此人打猎，甚至还钓鱼，这是他全部的爱好。作为报复，农夫警告他不得擅入他们的地界。这样，此人为了坎普登的利益，被迫离开坎普登。"

"比尔斯伯罗神甫在弥撒礼上，讲到布道时说：'多么荣耀的一幕！七千祖鲁人来领圣餐。我们在英格兰见不到这样的景象。'"（比尔斯伯罗神甫是坎普登最受人爱的角色，听他说话真是享受。我记得他募钱打扫他的小教堂时说的："数百万蝇尸在天花板上下蛆喔。"）

"四下多的是'地地苦'[①]和'驴客'，那是当地人称呼吉卜赛人和流浪汉的用语。昨天，门口有个怀抱婴儿的女人，还带着一篮子的晒衣夹子；今天早餐时分，有人在外面小路上唱歌。流浪汉好像都用手推车载着小猫。"

"车站上有一堆穷苦外来工人。一个面相不善、颠着一条木腿的男人和他的妻子(虽然憔悴，奇怪的是，看似很有教养)，带上三个儿女：两个女娃分别是六岁和四岁，一个男孩不会超过两岁。我们攀谈起来。我发现那汉子说的话很难懂，可突然间意识到，对方是在告诉我，这男孩会打'拳击大王吉米·王尔德以来最漂亮的上钩拳。你

① 原文 didicoes，似应作 didicoys。

跪下让他给你两下子，准保找不到东西南北。啥也伤不着这孩子。昨天在恩舍姆，他从装干草的大车上跌下，恰好被辆汽车碾过他脖子。这小子站起来还笑呢。’这外来工本人曾是拳击手，声称自己曾是英国重量级选手的希望所在。但是除了那条假腿，手也在干活中毁了。他伸出长满茧子的颤抖双手。‘你儿子会代你得冠军的，’我说。‘唉，’他说，‘我有个二十三岁的儿子比这个强，可惜丧了胆。庄家就是出一千镑，他也不肯上场打了。那回，他去伯明翰跟一个体重胜他的对手比赛，被对方打倒在地就再也没有爬起。’‘大家都没法帮他?’我问。‘他们让他胡乱干耗了四个月，现在说什么他也不会再去打拳了。’”

说到查尔斯·维德和他在斯诺谢尔的庄园(维德是古董收藏家，在圣基慈有地产，还在庄园里建了一个了不起的铁道和村子的模型)：“直到夜深客去，维德始终难得开口说话。穿着灯笼裤，趿一双卧室拖鞋，迈开罗圈腿；正变灰白的黑发剪短后垂在肩上；一件像是从‘绅士服饰店’买来的格子蓝衬衫，配上一条黑色晚礼服领带。此人说话时，吐字期期艾艾地留在唇间，仿佛全不习惯交谈。有人说个涉及肉体、意思显豁的笑话，他会嚯嚯大笑，孩子似的大张着嘴。收藏品对他犹如模型铁道和村庄，都是玩具。他除了吉弗雷·法诺尔[①]不读其他人作品，而且读必出声，敲打废铜烂铁做伴奏。他会一

① 多写摄政王时期浪漫故事和儿童读物。

下子无端侮辱别人，坐在地板上，对着用木材生的火堆。这火是房间里唯一的一点亮光。我害怕他对我发起突然袭击，极尽侮辱之能事，弄得我不知所措。那天夜里，我躺在床上说起他，一想到他那张核桃般的瘦脸和张嘴狂笑的模样，全身尽起鸡皮疙瘩。”

“通衢大街上，一个屠户摇晃着一只钢笼子，抖出许多活的小鼠，让肥硕的猎狐犬饱啖一顿。猎犬们拖着笨重的躯体，眼睛充血，大张四腿躺在草地上啃骨头。村民们站在各自的门口，饶有兴味地看着这一幕。满大街我都能听到老鼠的吱吱叫声。”

“经过诺斯维克猎场的湖泊，基廷太太前几天刚在那儿投水自尽。从卜劳德坎普登村的一所廉租屋那儿走出，天已经黑了，一年中寒意彻骨的冬夜之一。”

“进早餐的当儿，捕鼠人莫名其妙来了，拿一柄铲子和一把扫帚，给我家的小路扫雪。事后，没等我们付钱就走了。此人从不要你付钱，高傲得可以。只有你主动把钱送上，他才收下；可是他任妻子饿死，这又不怎么高傲。”

“每逢星期天早晨卖《世界新闻》报的那老人昨天上吊死了，是他老婆发现的。此人七十三岁，听我家的佣工格林讷尔说，死者受不了老婆的唠叨。”

“昨天一天和今天，玛扎·黑吉斯一直在搬家，从农舍搬到村子另一头的济贫院去。她用一辆老旧的童车装着家当，那童车老得没牙，却是粉红色的，式样也不古板。在门口台阶上，她擦拭自己的照片。”

“查理·塞克斯，人称坎普登一疯，老是拖着把长胡须，衣衫褴褛地招摇过市，口里念念有词，还挥舞一根手杖。此人冻死在卜劳德坎普登村的农舍里。死者屋里除了一把破椅子和稻草地铺，只有一股恶臭。他曾经是个体面人，医生的儿子，真名叫希兹，据说是因为准备医科考试用功过度而发疯的。他年轻时一表人才，照片上穿着法兰绒裤子，手持网球拍。还听说他曾攻读于牛津的圣约翰学院。他有过钱，后来身居赤贫，沦为乞丐。弗勒德·哈特每周给他六便士。恩舍姆警方据称曾想以行乞罪逮捕他，传说他一发力，把两名警员一下子扔到了树篱背后。他步行来去恩舍姆，单程就是九英里，踉跄蹒跚，身体弯成了弓字形。一次，风闻他不知怎么去了印度，去见亲戚，可人家谁也不愿搭理……他死在农舍的楼上房间。为把尸体搬下来，大家用上了把棺材降下墓穴的那种网子，先网住他的肩胛，把他头朝前地往下拖，任他双腿砸在楼梯上。接着，大家也不给他换衣服，就这么往棺材里一塞，钉住棺材板了事。听格林讷尔说，蚤从死者的手腕跳起，扑向众人。农舍里有十六双靴子。”

今天看来真叫人吃惊：我一方面对周围的生活记录得翔实逼真，一方面依然满足于把我那异想天开又是二手传承的故事写完，从而导致灾难性的后果：书是出了，可只卖出 1 200 本，最后引来一份热销报纸上的一篇评论。这篇评论打开了我的眼睛，使我直面迄今为止自己的作品一无价值的现实。

4

生活确有保障的三年就此浪费殆尽。幸亏彼德·弗勒民帮忙，我如今每两周替《旁观者》写小说评论，然而面对着出版商，可说是债台高筑，这笔巨债只有等十年后战争爆发才算一笔勾销——我甚至还不得不另借二十五英镑，付去我的所得税。设若《内心人》表示我这人有前途，那也只是昙花一现，就像烟火节[①]里放的一枚哑弹。写那篇评论让我看清自己如何不堪的作家，名叫弗兰克·斯温奈敦，对此人我向来不抱敬意，但这并不改变我对评论文的看法——我边读边深以为然。我该做的惟有把按某位老一辈作家的蓝图搭成的横七竖八的脚手架推翻，把它作为徒工学艺予以否定，然后再次从头开始。从此再不读，我这样发誓，康拉德的小说——这一誓言四分之一强世纪以来，我都做到了，直到那次坐在一艘明轮船上读到《黑暗的心》。那是 1959 年，我沿刚果河的一条支流，从一个麻风病区到下一个访问。我得以从完全天然的状态重新开始。可能正是出于这个原因，我选定一个冒险故事，心想写这个会容易些。怎么会犯这样的错，真难理解，因为《行动的名号》给过我教训，要把人体动作写得简单却又引人入胜何其困难。我一边带着末日意识写作，一边听留声机，放的

① 原文 Guy Fawkes night，GF 是英国 1605 年火药阴谋案主犯，此人 11 月 5 日被绞决，英人于此日燃放烟火成俗。

是霍尼格的《太平洋231》。我向来不重读一本旧书，而在写《斯坦布尔列车》时，那几乎已是不可能的事了。页复一页，书因充满时代的忧患和失败的意识而变得沉重。并不仅仅是前两部小说的失败；我还浪费时间和精力写了本罗彻斯特勋爵的生平[①]，海涅曼出版社不费任何思量就退了稿，我对自己也缺乏信心，没敢往别处投。写完《斯坦布尔列车》，生活有所保障的三年刚刚过完。我连做梦都是忧惊连连的——记得一次梦见自己被判了五年监禁，醒来犹悁悁：待夫妇重新在一起生活，妻子可要三十出头了。这个梦结果激发了我的下一部小说《这是战场》，只是当时并未意识到，因为甚至在《斯坦布尔列车》杀青之前，我已在计划下一部了——关于惟灵论和乱伦的小说，全书仅两个主要人物，一个欺诈成性的招魂巫师和他的妹妹。妹妹因为出入于腐败的环境，终难发现自己钟爱的兄长所犯罪孽实在没什么了不起的。这个乱伦故事中的一部分肯定沉潜进入我的无意识，有待四年之后再在《英格兰造就我》中再次浮现。

故事的场景将被安排在诺丁汉和伦敦。这两座城市，对我而论，就是现实世界。空中楼阁，我是写够了。也许因为我的决定在深于意识的层次做出，我做了一个至少部分有些鼓励作用的梦。我梦见从海涅曼收到一部新小说的样书。纸张质劣，装订不善，书题薄俗，书价只有区区九便士，真够作家丢脸的。出版商明显不把这书当回事儿。

---

① 此书疑为滞后于1974年出版的*Lord Rochester's Monkey: Being the Life of John Wilmot, Second Earl of Rochester*。

可是待我打开新作，我一眼看出笔法雄健。想到这么一部著作被人如此粗制滥造，恐怕既没人买，更无人评论，心头不免怅然。

8 月 4 日，我在日记里写下：“把打字稿寄往海涅曼。处境是不是已经不能再糟了？缴纳所得税剩余部分的期限是 9 月 15 日，而我实际上已负去三十英镑左右，而且本月过完，再无收入或职业的保障。”八月底，我与海涅曼和达波尔黛的合同就要过期。差不多两个星期的时间过去，海涅曼不置一词，于是又写日记“悬念真叫人受不了”。最后。回信来了。“楼梯半途，我一把将信夺过来，用颤抖的手指拆开。”奇怪，几句鼓励的话对我竟有那么大的作用。其实，我的经济情况依然如旧。《斯坦布尔列车》要是略有斩获，那也只能充抵前几部没写成、预支却照取不误的稿酬。不管怎样，希望重新萌发。就在当天，我写下一部新的小说主题，通灵巫师的故事已被逐出头脑：“一座城市的全景图，用来连接的线索是一名男子谋杀警察被判有罪。付诸绞刑是否得计？探员们出动，在全城听人议论……”

那是预示前景不祥的一天。我买票去伦敦，与查尔斯 · 伊宛斯和我的美国出版商达波尔黛的代表商谈日后安排。那美国代表名叫玛丽 · 普列谢特，日后将成为我的最好的朋友之一。然而那天，她凶悍得可怕。而我对她所代表的公司也并无好感。纳尔逊 · 达波尔黛，长得身高马大，曾是老罗斯福总统的志愿铁骑之一，无怪乎对书的了解不如对马。此人一年降临伦敦一次，用电报把他的作者们按他规定的具体时间，召到海涅曼的办公室去见他。前一年，我收到过这样的电报。当时我几乎买不起车票，可是领着他的年金，不去还不行。“坐，”他说，一边以阴沉又带厌恶的目光打量着我，仿佛我是匹野性未驯的劣种马，是哪个计谋诡诈的马贩子骗他买下的。他掏出一块跟他身材匹配的大手帕，擤了几次鼻子。“来的时候感冒了，”他说。这就是他对我说的全部内容。我坐下一班车回了奇平坎普登。

与伊宛斯和玛丽 · 普列谢特的面谈进行得叫人难堪：前两本书卖得糟糕透顶的记录就放在两人面前，账册旁边的办公桌上放着《斯坦布尔列车》的打字稿——已经到期的三年合同中的第三部。除非写出另一本，再不会预支给我一分钱。我绝望地等候在一旁，任由伊宛斯和玛丽 · 普列谢特两人在那儿争论什么，接着，会面就草草结束。伊宛斯说，海涅曼将延长一年，继续付我三百英镑，而达波尔黛除了再付两个月的预支，没有其他承诺，同时他们要好好研究一下新稿子。支付上述款项还有条件——再订一份两部作品的合同，出版方在承担所有的损失之后，再付稿酬。在回坎普登的火车上，我才意识到，明年以后，我得写出另外两部小说而一无所得。

5

随后的两个月中，虽有达波尔黛支付的钱，我无论如何，也不管在哪里，非得另外找份工作了。乡间的宁静生活到此为止。夜里经常失眠。我曾试图重回《泰晤士报》，结果收到拜灵吞-沃德那封寒意彻骨的回信；我还试着去星期天出版的各报，找兼职工作，一概无果。《天主教先驱》曾刊登广告，招聘助理编辑，我又买了票去伦敦。总编是个头发花白的干瘪男子，为自己挣得了一个《旁观者》至关重要的通讯撰稿人的盛名。他接待我时态度居高临下，令我感到屈辱。他要我给他一点时间定夺，我回到乡间时还曾满怀希望。两周后，他来信叫我再去见他。我以为，这当然就意味着求职成功。可是，走进他的办公室，他立即告诉我，发表过三部小说，又有《泰晤士报》的出色业绩，他认定，我在他的小庙里肯定待不长。这一回，态度更加盛气凌人，而且毫不掩饰他从这样的面试中得到何许乐趣——也许他怕我的名字跟他的名字并排出现在《旁观者》上。我自尊心太强，可是余留的勇气不足，没有要求他给我买张回程火车票。从那时起，我对天主教新闻事业和天主教人性一直抱有偏见。

“我经历过这样的事，”我在日记中如此描述自己的病态。同样的症状，在十六岁那年，迫使我跟雷蒙德一起去伦敦。这是生活缺乏希望的症状——当年是爱情受挫，如今是事业失败。“神经濒临崩溃；那种潜伏已久的癫狂，觉得头脑中有什么东西在膨胀着撕裂欲出；任何声响，不管多么轻微，不管是谁发出的，包括餐盘或餐叉叮当一声，都会像刀子一样，刺穿头脑。”如果我的小说里有一再复现的主题，可能就是因为我的生活中有这样一再复现的主题。当时的复现主题就是失败。

造化弄人，事情发生富有讽刺意味的转折，使我坚信任何可能出现的成功，都只是一时幸运罢了。《斯坦布尔列车》被图书协会选中（在当年，这就意味着作品售出万册），达波尔黛同意重新付我一年稿酬。眼下最直接的困扰像是过去了，可是“我的上帝！真不知该笑还是该哭。查尔斯 · 伊宛斯十一点钟发来电报，叫我即刻去电。我在广场的电话亭里打去电话。J · B · 普利斯特莱威胁说，要是《斯坦布尔列车》出版，他就要以诽谤罪起诉。”（我后来听说，他读了送往《旗帜晚报》请求评论的一个本子。）“他把萨沃利先生这个角色当做他自己了。”原来，《斯坦布尔列车》里的这位萨沃利先生是个深受读者喜爱的小说家。他在东方快车上接受采访，访员是个虐待狂女记者，拼命出小说家的丑。其实，我让这个人物带上一点伦敦腔，那是因为我头脑里有工党政客 J · H · 托玛斯的形象；让他抽烟斗是受鲍德温[①]的启发——不管怎么说，大众喜爱的小说家总有点政治人物的特点。我从未见过普利斯特莱先生，也没法读到《好伙伴》，正是这部作品，三年前为他暴得盛名。

我建议这诽谤官司尽打无妨，伊宛斯置之不理，还明白扬言，海涅曼如果非失去一个作者不可，他们远更宁可失去我。这时，一万三千册已完成印刷和装订。好几页必须置换。所需费用我得分担。必须立刻改动，当场就改，不容细想。

“查尔斯 · 伊宛斯在电话上说出改动的建议：删去‘现代狄更

① 当指 Stanley Baldwin，时任英国首相。

斯’一语以及所有提到狄更斯的文字。他说这会让普利斯特莱消火。我得在三点半再打电话过去听结果如何。要不是我的希望全押在这本书上了，我真会扬声大笑。

“3:30 打去电话。提到狄更斯的各处、提到烟斗和‘又短又粗的手指’的文字，必须全部删去。还反对使用‘卖出十万册，共有二百号人物’一句。我得在此插进一句补白，当场修改，就在电话亭里。书中对话：‘你信奉狄更斯、乔叟、查尔斯·吕德这帮子作家，是吗?’必须改。莎士比亚一定得提到，而不是狄更斯。那句‘狄更斯不朽’得改成‘他们这些人是不朽的’。”此情此景，仿佛普利斯特莱先生捍卫狄更斯更甚于自卫。

妻子怀孕了。我在银行里只有二十英镑的存款。我的思想此刻又转向东方，恰似刚从牛津毕业的那阵子。我给牛津一位老同学写去一信，问问他在那儿执教的曼谷附近的朱兰卡拉那大学英文系有无适合我的空缺。他那封作了肯定回答的信迟到了，总算没让我就此中断写作生涯。我像头遭人驱赶的羊羔，又被关进棚子，原因是《斯坦布尔列车》一时大受欢迎的成功。（至于“一时”这词儿何其短暂，可以我已提到过的一个事实来衡量，即 1929 年我的第一部小说的首印数是 2 500 册，我 1940 年的第十部小说《权力与荣耀》是 3 500 册。）

二十年后，我去那时叫做暹罗的异国访问朋友，他仍在英文系任教。我们在一个小房间里共吸鸦片。这个房间被他辟作吸烟专用密室，供着一尊佛像，铺了两床垫榻，摆出一个漆盘。老同学在牛津时写过诗，前途无可限量，然而许久以来，他早就搁笔不写了。与我不同，他早就甘于失败，反在碌碌无为中发现一种朦胧的幸福，看着同学好不容易获得大家所谓的成功，只觉着某种反讽的乐趣。

对作家说来，我争辩道，成功永远是暂时的，只是滞后的失败。而且成功从不完全。作家有时自吹是暴发户，但他的功业追求不会因为有了衣食无忧的收入而得到满足，就像商人追求利润。“我的《新近从良的妓女》被疯狂热捧。演出及半我就被迫上台谢幕，更不用说演完之后。演出竟出乎所有人的意料。第二场的反应绝不次于首夜公演。我们击中要害，大获全胜。费拉里把作品译介到意大利；热尼厄在巴黎为我准备好两个剧场；维也纳的拉姆也已代表他的剧院接受。”[①]《新近从良的妓女》今日何处可寻？读者诸君又有几位记得作者的尊姓大名？

作家都有吹牛的借口。深知自己成败无常，他扯着嗓门大叫，力保勇气不衰。作品中的缺点，即使是贬剥的评家也可能错失，却惟有他本人看得清楚；评家往往只注意那些可以修修补补的明显缺陷，他却像个直觉敏锐的营造工，可以嗅出横梁何处已发生木料干腐而成粉末。要他把整幢房子推倒重建，如此勇气多么难得一见啊。

鸦片的味儿比成功的味儿好闻。长夜漫漫，两个老同学聚谈舒畅，往来传递着烟枪。小火苗朝着罂粟的种子上窜，阴影移往菩萨自

① 这儿指的是维多利亚时代英国作家 Wilkie Collins 与小说同名的剧本 *The New Magdalen: a Dramatic Story in a Prologue and Three Acts*。

得其乐的胖脸。我们兴致勃勃地谈论往事，分析两人经历的不同性质的失败，既无愧也无悔。菩萨也失败过吗？挨饿的、有病的和缺胳膊少腿的可怜虫围着他的神庙四处躺着，披着黄色袈裟的光头和尚提脚绕过他们，气派十足地觅路而行。

“再来一筒烟？还记得你在牛津写的那首破诗吗？关于你吃里昂排骨的[①]。”

“喔，是的，那时我正坠入情网……”

“在你当年那岁数，”他说，“这可是许多事情的借口。”

① 见第六章 · 1 结尾处。

译者后记

正读*Tolkien's Gown & Other Stories of Great Authors and Rare Books*的时候，译文出版社来人了，要我就格雷厄姆·格林的《生活曾经这样》(*A Sort of Life*)写篇译后记。前书的中译本《托尔金的袍子》，他们已经出版了，我想编辑们和读者必已注意到，1988年，纳博科夫的首版签售本《洛莉塔》被书商以3 250英镑(相当于5 900美元)的价格，上榜出售。几星期后，格雷厄姆·格林致信书商说，上榜的并非《洛莉塔》首版，他手里有奥林匹亚公司真正的两卷本首版(其实未必，在宽容的法国，此书1955年已出版)，上有作者题签："书赠格雷厄姆·格林，弗拉基米尔·纳博科夫。1959年11月8日。"题签下方，纳博科夫绘上他那招牌式的蝴蝶，附言："齐腰处蹁跹的燕尾翠蝶。"作者把纳氏这段签赠文字影印于书名页左上方，以为佐证。(纳氏那字迹使我想起咱们中国的英语大家王佐良先生的书法。格林本人的蝇头小楷至少同样眇细难辨。)格林后来还把纳博科夫此书推荐为1955年度首选佳作，在检禁制度尚未完全退出历史舞台的英美社会，激起一番小小的骚动。

书商跟格林边呷伏特加，边谈价钱，最后以4 000英镑成交。有意思的是，谈兴一浓，说起对作家的评价，格林承认："康拉德和

(亨利·)詹姆士是一流小说家。本人属二流。”

这个格林好有自知之明!从伍尔芙和乔伊斯,到艾丽斯·默道克到金斯利·埃米斯,这些作家的作品都难入格林法眼,这会儿才难得说了句自谦的话。格林多产,从25岁发表第一部作品,到2005年(死后14年)最后一部出版,很多时候是一年写出一部甚至多部作品。评界承认格林有“编织”(“文本”者,text也,源于拉丁语的“编织”)故事的出色才能,但对格林创作成就的评价历来不乏争议。一说多少倾向于贬,鉴于作家写了太多的悬疑类间谍小说,说格林有点像个娱乐读者的melodramatist(译不好,被迫“夹心”),因而由文字改编成电影者尤多。若论文字,实用有余,可动俗眼,但工而入逸,自成一格的妙品寥寥(格林密友Evelyn Waugh语);左翼人士,如特里·伊格尔顿,不但谴责格林加入共产党仅6周即匆匆回归体制的政治取向,更指出如此朝三暮四必然在作品中表现为是非和善恶的淆错。另一说强调他的文学性,特别是他擅写创伤心理、生死象征、善恶隐喻和宗教焦虑; 而英国式的冷嘲文字,也被他用得淋漓尽致。美国性感女星媚·维思特(Mae West)是二战时期飞行员的救生“小背心”,说话也特别泼辣、慧黠,留下名言不少。强中更有强中手。格林说她忸怩作态的模样,活像“一条吃撑了的滚圆肚子大蟒”(overfed python)。至于评论童星秀丽·邓布尔小小年纪就会“若真若假卖弄风骚”(dubious coquetry),更给他惹来官司缠身。

特别是格林的短篇,早期评家都不看好,认为大多是为长篇热身暖笔。尽管格林自称为取悦未来的妻子，同时也为“打发时光”，才受洗入教，尽管一生与教廷摩擦不断(保罗六世可谓例外)，早期评家宁可集中注意力于格林作品中罪孽与救赎的宗教主题，把格林认定归类于“天主教作家”。可是值得读者和出版人注意的是，如评家Richard Kelly所言，短篇可能成为日后格林研究中的重点：“作为一个总体，格林的短篇是部长达一生的心理剧，反映出他嗜刺激、旅行和写作三者如命。更有甚者，这些故事表现出格林在永无休止地与童稚时代的心魔搏斗，还显示他把这些鬼魅化作笔下角色和主题以及再往后塑造成宗教、政治和社会问题的能力。”格林自己也说（见1967年《短篇小说集》前言）：“我认为与《破坏者》、《勒佛先生的一个机会》、《花园底下》和《八月贱卖》（笔者注：四种皆短篇）相比，本人没写出过更好的作品。”

这儿译出的《生活曾经这样》是格林自传的前半部分。作者的元初回忆是童车(象征禁锢)和狗尸(象征死亡)。所以，第一，读者可以此为线索，随着作者一起探索缠扰格林一生的“躁郁症”（bipolar disorder，也有专业人士译作“双极性情感疾患”，指周期性情绪过度亢奋或低落）的成因和发展。成因中是否既有祖上行为乖张拗捩，脉络未断，又有父母近亲结合，遗下骀荡浮漫性格？躁郁袭来时，甚至异想天开要去开家妓院。还有，独特的寄宿学校特别是公学制度、鞭笞学童、恃强凌弱，有人说这些曾是英国民族性的一部分（详见Peter Mandler 2006著《英格兰民族性——从伯克到布莱尔》），是不是也会导致躁郁以至于小小年纪六次自杀未遂？其实格林父母并不特别悍鸷，躁郁和孤僻之所以日甚一日，更多来自寄宿学校猥鄙环境中的格格不入和被同学孤立凌虐的经历。笔者当年在中国国民小学的经历也差不多，挨了“打手心”和“立壁角”的惩戒之后回家，老祖母居然叫好不迭，说“老师打，讨来打”（指付了学费买回），倒也不曾因此寻死觅活。反而是体罚已经基本成为历史的今天，过分的课业压迫和升学焦虑，是不是也会导致性格畸形，甚至造成青少年自杀的社会问题？——虽说拿支左轮手枪玩“俄罗斯轮盘赌”的创意，非有格林式的想象力不可。

第二，除了“躁郁症”这条线索，格林记忆的蜂巢里还有众多童年读物营造的巢脾：哈葛德、司各特、斯蒂文森、布肯等等。独自躲进故乡公地的草莽，一边读冒险传奇故事，一边自导自演一幕又一幕的心理剧，追求刺激的性格由是养成，而一生气运终归于此，也就没什么奇怪了。鄙人幼时也爱拿扫帚当宝剑，持厚重的门闩当大炮，游戏效摩书里读来的情节，一会儿扮演法国剑客，一会儿反串“荒江女侠”，惹得二姐嗤笑。“以他人自居”（identification，业内亦称“定向统合”），据说是儿童从“性蕾期”开始就萌发的心理活动，其陶铸功能不可低估，又一例也。只看日后环境如何冶炼儿童了。是把儿童投入自由天地，还是放进高压锅烹煮，结果可能大不相同。

第三，读者不妨等待格林自传续集 *Ways of Escape* 译出，再来重读《生活曾经这样》；或者找来为格林本人认可的传记作家 Norman

Sherry 教授的三卷本《格雷厄姆·格林的一生》，对照着读，方可对本书的价值作出比较客观的判断。大凡自传，不可能只是普鲁斯特所说的*mémoire involontaire*（非意愿记忆），而是像格林在起笔之首承认的，“必有选择性”。贤明的读者自能从已经写下的内容中去挖掘作者有意遗忘或忽略的内容，也就是从回忆探究遗忘（to infer what is unsaid by what is said）。譬如说，格林可以把老家花房里的一把椅子描写得具体而微，儿时的性萌动和婚前艳遇也交代得巨细靡遗，但是对于如何追求 Vivien，如何写过数以百计的情书（有时一日三封，用词重彩浓墨，称呼对方是“You glorious，marvelous，most beautiful，most adorable person in the world. You are simply the symbol of the Absolute”或“Dear love，dear only love forever，dear heart's desire”——详见 Richard Greene 所编 *Graham Greene: A Life in Letters*），直到最后结婚的这一段经历却语焉不详。在他笔下，婚姻只是格林皈依天主教的引渡由头，至于婚后生活更是一笔带过：“I married and I was happy”。一个躁动的灵魂试图泊停在婚姻和信仰的港湾，谁知亢奋过去，随后是更深沉的抑郁，于是分居，信仰则是从一开始就带有怀疑主义（格林自称“天主教不可知论者”[Catholic agnostic]，而 Walpole 等人称，格林更倾向于接受 Quietism [静修主义] 甚至 Deism [自然神论]）。无怪乎，格林求爱之初以及提出与妻子分居之际写去的信中，歉疚之意跃然纸上。前者用“I really am very sorry”，后者用“I can't tell you how sorry I am”。业镜高悬，人命有数，毕竟躁动的秉性是世间任何东西都擒拿不住的。

读这部格林自传，是否可从以上三点契入，意浅识薄，试质之读者诸君，或有会乎？

本书翻译过程中，同仁沈黎教授谦虚，索去译稿对照原文阅读，说是“学习”，结果指出数处漏译，又对译文提出一些宝贵修改建议，谨表感谢。

陆谷孙

图字：09－2008－631 号

图书在版编目(CIP)数据

生活曾经这样／(英) 格雷厄姆·格林(Graham Greene)著；
陆谷孙译. —上海：上海译文出版社,2020.7
(格雷厄姆·格林文集)
书名原文：A Sort of Life
ISBN 978－7－5327－8454－7

Ⅰ.①生… Ⅱ.①格… ②陆… Ⅲ.①自传体小说—
英国—现代 Ⅳ.①I561.45

中国版本图书馆 CIP 数据核字(2020)第 086970 号

生活曾经这样
［英］格雷厄姆·格林/著 陆谷孙/译
策划/冯涛 责任编辑/宋玲 装帧设计/张志全工作室

上海译文出版社有限公司出版、发行
网址：www.yiwen.com.cn
200001 上海福建中路 193 号
浙江新华数码印务有限公司印刷

开本 890×1240 1/32 印张 6.5 插页 6 字数 111,000
2020 年 7 月第 1 版 2020 年 7 月第 1 次印刷
印数：0,001—5,000 册

ISBN 978－7－5327－8454－7/I·5195
定价：58.00 元